白井ムク

插畫：千種みのり

其實是繼妹（妹妹）。4
～總覺得剛來的繼弟很黏我～

Kadokawa Fantastic Novels

彩頁、內文插畫／千種みのり

contents

序章

Jitsuha imouto deshita.

時序進入十二月後，每天都是寒冷的日子。

畢竟距離期末考只剩不到一週，我和晶從早上開始就在我的房間一起念書。可是……

「呼咿～好溫暖～～暖桌超讚的～～……」

如果要用一個詞形容晶，那就是「烏龜」。

她現在是一隻把頭和手探出暖桌，滑著手機的巨大烏龜。

自從前幾天把暖桌搬出來後，晶一直是這副模樣，念書的進度也是龜速前進。

我看了看時鐘，嘆口氣後對這隻巨大的烏龜說：

「喂，妳是不是該繼續念書了？」

「嗯～再一下下～等一下我一定……來吧！」

一旦休息間隔拉長，她就愈來愈拖拖拉拉。

據她所說，現在這個狀態就像格鬥遊戲中，累積能量的階段。她要等自己在暖桌中暖好身子，然後看準時機一口氣釋放——

「成功了！我抽到琴帥（中澤琴）的聖誕節限定版服裝了——！」

……就像這樣，別說累積能量了，她根本玩得很開心。

說到底，我這個繼妹只是想玩現在佳評如潮的格鬥手機遊戲ＲＰＧ「終極武士　～江戶啟示錄～」罷了……

她在夏天到秋天這段時間，明明孜孜不倦地念書，原來那是裝的嗎——不對，把她變成這樣的人，其實是我。

畢竟一開始推薦她玩「終武２」的人是我啊……

「老哥，你看！是琴帥的性感聖誕裝耶！琴帥不管穿什麼，就是好看啊～！好可愛！太可愛了啦～～！」

「好好好……現在明明是冬天，還露出肚臍，看了就冷。」

除了肚臍，她還露了很多地方，穿得很清涼。

話說回來，琴帥，妳的男裝美女設定去哪兒啦？說「居然在戰鬥中色慾薰心，愚蠢～」這種話的人，不就是妳嗎？

但就算我對琴帥吐槽，也不能怎樣吧……

「好了，已經夠了吧？繼續念書嘍。」

「拜託！再五分鐘！我想把這個性感聖誕裝琴帥烙印在眼裡！」

「妳每次都這樣說，結果五分鐘變成十五分鐘吧？——好了，念書的時候就念書！」

「不念書的時候就是不念書！」

「說得沒錯！……呃，喂！別回嘴！」

我鐵了心，一臉嚴肅地面對晶。

「我說晶，妳忘記這次念書的目的了嗎？」

「啊！對喔！我和老哥的快樂聖誕節！」

——原來妳的幹勁開關是這個喔……

「不是聖誕節吧？是二年級的分組……」

「嗯……分組是也很重要，可是對我來說，和老哥要在聖誕節……呵呵呵呵♪」

「幹嘛？妳在想什麼……？」

「祕密！事情就是這樣，我接下來要念英文～♪」

我的頭忍不住開始痛了。

念書的目的——現階段是為了應付期末考……但這場期末考對晶這些二年級生來說，卻是與分組息息相關的重要考試。

我們就讀的結城學園從二年級開始，會直接分成文組和理組。

各組又分成資優班和升學班，到時候課程會完全不一樣，也會影響大學升學的選擇。

晶還沒想好要選文組還是理組——可是，一年級生會因為這一段時間的成績，還有這次期末考的分數，影響到日後可以選擇的組別和班別。

我身為哥哥，自然是希望晶選擇志願的時候，能有更多選項。可是對晶來說，優先事項似乎是能否和我迎接快樂的聖誕節。

小妹不知兄長心……唸起來怪怪的啊。話說回來——

晶自己的未來。

兄妹共度聖誕節。

——如果要把這兩件事放在天秤上，我倒希望她能以前者為優先……

但不管晶要選文組還是理組，她現在都面臨不同於這些的**另一種選擇**……

當我苦惱地思索時，晶卻在不知不覺間露出比我還要苦惱的表情。

「怎麼了？哪裡不懂嗎？」

「嗯……假設過去式就是現在是什麼意思？明明是過去式卻是現在，根本看不懂……」

「嗯？時態會改變世界啊。」

「改變世界是什麼意思？」

「假設句翻譯過來就是『如果～就能……』對吧？那如果要造句，妳會怎麼說？」

「如果我有錢，就可以抽培里大人的限定版服裝了……」

「……是這樣沒錯，但是不要太入戲。妳用琴帥的聖誕裝忍忍吧。」

「辦不到啦……培里大人已經在我的腦裡鼓吹說：『晶，快點抽卡，改變世界吧！』」

「病入膏肓啊……」

我整個人傻眼，但還是發揮耐心繼續解釋：

「——換句話說，就是妳在這個現實世界沒錢對吧？如果有錢，就能抽卡——這是假設世界發生的事，為了表達這種完全相反的世界，才會故意把時間軸調整到過去。」

我在筆記本上畫出抽卡用的金幣（＝付費鑽石）和培里大人加以解釋，隨後晶雙眼發亮，莫名認同我的解釋。

「原來如此，超懂！真不愧是老哥！」

「哦，妳懂就好……」

「為了替妹妹的未來加油，老哥化身家庭教師！」

「這個聽起來很像抄襲補習班的廣告台詞，別鬧了……」

「那我還要問，假設過去完成式呢？」

「雖是過去完成式，說白了一樣都是假設過去。翻成『如果～當時……我就～』。」

我說完，晶再度明白地說道：

「原來——如果老哥一開始知道我是妹妹，我就不會這麼喜歡老哥了——是這樣嗎？」

——接著提起眼神，由下往上盯著我的眼睛看。

她是藉著英文的問題，試探我對我們現在的關係有什麼想法吧。我感到為難地——

「姑且算是假設過去完成式沒錯……」

這麼敷衍過去。

儘管是假設，但她用這種假設句，實在讓我很傷腦筋。

如果我當初知道她是繼妹，是不是一開始就會和她保持距離生活——

晶也會像剛認識時一樣，一直是個戒心很強的繼妹嗎——

假如我當時沒有誤會，我們現在是不是會走在不同的路上呢——

就某個層面，這對我來說或許是個最難解的問題。

可是晶卻說：

「也不用想了吧。就算老哥沒把我誤認成弟弟，我也絕對會喜歡上老哥。不管是現在，還是未來直到永遠——都會一直喜歡著你喔。」

她就像這樣，輕鬆給了這個難題解答。

「呃～妳這句話混了太多東西，我不知道要怎麼翻譯成英文。」

「這個啊，濃縮成一句話就是『I love you』！這才是亙古不變的真理！」

「亙古不變的真理……還真是有夠單純啊……？」

「簡單最棒（Simple is best）♪Do you love me?來，請用ＹＥＳ或ＮＯ回答。」

——不管話題走到哪裡，她總有辦法扯回我身上……她要是能把這種靈光的腦袋，用在念書上就好了——不不不，現在不是佩服的時候啊。

「……我跟妳說，I love you分成好幾種層面，可以用來打招呼，也可以用在朋友或家人身上——」

「不要害羞啦。」

「我才沒有！」

——總之。

時間向著未來不斷前進。

而晶想要的未來是皆大歡喜的結局。

她塞到我面前的是一道究極選擇題，相較之下，選理組還是文組根本不值一提。

我這陣子開始覺得，ＹＥＳ或ＮＯ這種簡單的回答，其實才是最難的。

而且不只晶，其實我也面臨**某個重大的決斷**……

換句話說，雖然現在的我們看起來很樂天，其實身上累積了不少的難題，明明還不是聖誕節，腦子裡卻已經鈴聲響叮噹了。

為什麼會變成這樣呢？

先從十二月三日這天，我們兄妹間出現聖誕節話題開始回顧吧——

第1話「其實繼妹跟我提起聖誕節……」

Jitsuha imouto deshita.

十二月三日，星期五。

月曆翻面後，就是今年最後一個月，現在第三天就要過完了。

七月老爸再婚後，我不是發現一直以為是繼弟的晶其實是繼妹，就是在花音祭上羅密歐變茱麗葉，最後還在家族旅行時差點遇難。這些出乎意料的事層層堆疊，不知不覺間，今年就要結束了。

離結業式還有三個星期。要上學的日子也只剩下十六天。之後終於要開始放寒假了。

所以無法否認地，我和晶因此有些鬆懈。

不過我要先預告，這一天也會發生「出乎意料的事」——

這天，我和晶與平常一樣一起走出家門往學校前進。走著走著，晶突然抓住我的手臂，隨著一聲「對了」露出可人的笑容。

「老哥，馬上就是聖誕節了耶。」

考喔。」

「對啊。平安夜那天是結業式，聖誕節那天就開始放寒假……不過在那之前，還有期末

「討厭，你為什麼都要說這種讓人鬱悶的話啊～？」

「抱歉抱歉，以防萬一提醒一下。對一年級生來說——」

「我好歹也知道這次考試很重要好嗎？——啊！你看那個！」

晶突然指著前方，我也跟著移動視線。

「哦，那個啊。當裝飾開始出現，就會覺得聖誕節真的要來了耶～」

住宅街道的一隅，有這幾年新蓋好的家，每一家都有聖誕裝飾。

比較講究的家庭除了裝飾燈飾，還會在屋頂上放聖誕老人的模型，或是在庭院放置馴鹿的造型燈飾。

我猜應該是家裡有小孩的家庭爭先恐後搶著擺出來，想把整個屋子裝飾成聖誕風格，好讓小孩開心吧。

「那種的感覺好好喔～我們家以前住公寓，所以很嚮往那個～」

「是喔～妳明明不愛出門，卻對屋子外面的裝飾有興趣啊？」

「唔～！這兩件事情不一樣嘛！」

晶「唔」一聲，鼓起腮幫子，不過又馬上恢復開朗的表情。

「欸欸，每年聖誕節時的真嶋家都是什麼樣子？」

「嗯？我們家從以前開始，頂多在家擺聖誕樹——」

老爸的工作是電影美術，年底尤其忙碌。

一旦有作品的拍攝進度延遲（聽說絕大多數都會拖到……），年底就會展開一連串的熬夜熱潮，住在片場附近或是公司裡的日子也會變多。

即使如此，老爸還是沒有冷落過我。

「我念小學的時候一回到家，聖誕樹就擺出來了，老爸還買蛋糕和禮物送我。」

「真不愧是老爸。那國中之後呢？」

「國中之後，老爸的工作更忙了……可是相對的，我也和光惺、陽向變好，所以變成三個人一起過聖誕節。」

在那之前，老爸或許是想盡到身為父親的責任，才會為了我拚命空出時間吧——我一邊向晶述說真嶋家的聖誕節，一邊這麼想。

「富永家也差不多是這種感覺吧～因為媽媽年底、年初都很忙——」

美由貴阿姨是彩妝師，年底、年初也是忙碌期，電視會有特別節目，她的工作就會一口氣增加。

當然了，是從聖誕節開始一直持續到新年的超血汗模式。

她至少不用幫忙穿和服，已經算很好了。可是要從一大早工作到深夜，還要不斷**趕場**，光聽就覺得很累人。

「所以啊，富永家的聖誕節，一直是二十六日。那天是叫節禮日（Boxing day）？咻咻！——啊，這個Boxing不是指拳擊。」

晶自己耍笨，自己吐槽了。

順帶一提，節禮日原本是要讓聖誕節也必須工作的傭人、郵差休息的日子，他們也會收到放在盒子（Box）裡的禮物，所以才以此命名……不過有很多種說法啦。

反正比起有趣或者了解到富永家的聖誕節生態，我覺得晶不斷揮動刺拳的模樣更可愛。

「而且啊，二十五日媽媽不在的時候，我都和爸爸出去玩。比如去遊樂園啦，購物商場啦，或是遊樂中心。所以對我來說，聖誕節有兩天。」

聽見這一席話，不禁放下心來。

無論是美由貴阿姨，還是已經分開生活的親生父親建先生，他們兩人的愛意，晶都確實感受到了。

晶提到聖誕節之所以會如此興致高昂，也是因為這些回憶都非常美好。知道她的聖誕節都是些美好的回憶，我很替她高興。

「話說老哥，你不會嚮往那種燈飾嗎？」

這時候，晶把話題拉回來。

「我很嚮往那種閃閃發亮的東西耶～」

「拜託，要準備那種東西很辛苦耶。收拾也是。而且感覺電費會飆漲。然後還要在聖誕節之後馬上收起來，不然除夕跟新年就到了啊～」

我一臉認真地說完，晶隨即以黯淡的眼神看著我。

「老哥，我問你……你知道『浪漫（Romance）』這個詞嗎？我先聲明，那可不是吃的喔。」

「不就是栗子嗎？」

「那是法文Marron啦……」

晶不禁唉聲嘆氣，她的氣息比平常更白、更混濁。

最近──尤其今早，天氣變得很冷。走著走著，晶的鼻子已經變紅。或許是因為她的皮膚白皙，看起來更顯紅潤，感覺就像馴鹿或小丑，很可愛。

「老哥，你在偷笑什麼？」

「因為妳的臉太可愛了。」

「唔耶！哪裡可愛！」

「鼻子，紅透了喔。」

晶聞言急忙遮住鼻子，整張臉也快速染紅。

「不、不要看我啦！天氣一冷，就會變成這樣嘛！」

「很可愛啊，我說真的。」

「我才不需要這種可愛！討厭，老哥是笨蛋笨蛋！」

她鼓起腮幫子別過臉。這副模樣也是既純真又可愛。

我最近總會稍微使壞，就只是為了看她做出這種反應。從這點來看，我也一點一點培養出身為哥哥的從容了吧。

＊＊＊

我們稍微提前來到有栖南車站。

看著車站周邊和路樹上正在裝設的燈飾。

「聖誕節怎麼還不快點到啊～」

晶把頭靠在我的肩膀上，接著以某種期待的眼神，不斷眨眼看著我……這是在跟我討禮物嗎？

可愛的模樣瞬間讓我心跳加速，但我還是快速往驗票閘門走去——

「晶，妳的手。我們到車站了。」

並要求她放開我的手。

「今天要不要維持這樣到學校？」

「不要。」

「真心話是～……？」

「我都說不要了……」

我知道她是在開玩笑，但我在學校已經被人說是「超出規格的戀妹老哥」了。要是和妹妹挽著手上學，不知道還會被說些什麼。

尤其是西山和西山還有西山，一定會煩死人。順帶一提，西山沒有一天不煩。另外，我沒有戀妹情結，我是「傻哥哥」。

「老哥～你的臉好紅耶～？」

「喂，妳是想報剛才的一箭之仇嗎？」

晶嘻嘻地笑著放開我的手臂，改成握著我的手。

「老哥的手好溫暖。手溫暖的人，內心也是暖的吧？」

「要這麼說的話，應該是手冰的人，心是暖的吧？」

我曾經聽說過，感情豐富的人，手會比較冰冷。

據說是因為他們感情起伏大，在緊張之下形成手汗，結果反而降低手的表面溫度——我說出在電視上看到的小知識，晶立刻紅著臉放開我的手。

「我有流那麼多手汗嗎！」

「沒有啊，我沒摸過妳有手汗耶。」

「我、我完全沒發現！難道我的手以前都濕答答的嗎……？呼——！呼……！」

晶心急地想吹乾自己的手。

「妳在幹嘛啊？」

「我在吹乾啊！——呼！呼——唔……」

「不用啦。來——」

我牽起她的右手，然後直接放進我這身大衣的左邊口袋——但是，糟了……

想讓晶拿著的暖暖包是在右邊口袋……算了，這樣也行啦。

只見晶滿臉通紅並睜大眼睛。

「咦？這樣……我的手就在老哥的口袋裡……」

「如果會冷，念書會受影響吧……？」

「呃……嗯……」

明明是我主動這麼做，沒想到卻開始害羞，忍不住別過臉。但晶並沒有因此嘲弄我。她不發一語，默默地在口袋內回握我的手，並反覆輕捏。

接著她把左手繞到我背後，把耳朵貼在我的胸膛上，傾聽我的心跳聲。

「怎麼了?充電嗎？」

「不是……」

晶把右手從口袋中抽出，然後直接環抱著我的背。

現在我們完全抱在一起了。

「這是代表我最喜歡你的擁抱。」

「正中直球啊……」

「誰教你明明會冷不防讓人怦然心動，卻這麼遲鈍嘛～」

這裡還有路過的行人，實在很難為情，而且她隔著大衣抱我，有種粗糙的感覺。不過很神奇的是我並不覺得討厭。反而想永遠維持這個狀態。

當我的體感溫度從冷變成溫暖，然後又從溫暖變成有點熱時，晶突然開口：

「冬天很冷，所以其實我不喜歡冬天。不過很喜歡今年的冬天。因為我和老哥之間的距離會像這樣一下子拉得很近，今年一定是個溫暖的冬天。」

「這是報章雜誌的占星結果嗎？」

「不是，是我的希望、願望、野心、慾望。」

「最後兩個都把氣氛破壞了，妳確定要放在一起嗎？」

「反正混在一起都一樣啦。」

晶抬起頭，像個少年一樣露出天真無邪的笑容。

「事情就是這樣，老哥我就收下啦！」

「喂喂，我是寶藏喔……」

總覺得很滑稽，我們不禁笑了。

不過在我們笑鬧之際，電車即將進站的時間也一步步接近。

「晶，該去月台──」

「呃，我想再維持這樣一下下……」

「好了啦，電車要來了。」

「再一下下……」

晶抱住我之後，已經過了很長一段時間──最近發生在她身上的變化，就屬這件事最令人介意。

每當早上醒來，肯定會發現她鑽進我的被子裡。就算要她起來也會回「再一下下」。天氣變冷，我能理解她像**鬼針草**那樣黏人，可是她的「再一下下」，總是拉得很長。她總是不願離開我，讓我不知該如何是好。所謂的「一下下」不是用「秒」計算，而是「分鐘」……結果「時間」就到了。

總之她變成一個有如鬼針草的撒嬌鬼。

我再次開口要她放開，她卻反而用力抓住我，腦袋也不斷往我的懷裡鑽。有點痛啊。

「……老哥在那座山上，像這樣替我取暖，取了兩個小時喔。所以啊，這次換我替你取暖了。」

我懂了，原來是這麼一回事……

「妳還很在意上次家族旅行發生的事嗎？」

「嗯。很在意。」

「我不是說不用在意了嗎？」

「還是會在意啊。會在意一輩子。要是不在意，我會變成忘恩負義的小人……」

才想說她最近怎麼拚命撒嬌，原來這是一種報恩啊。

上個月家族旅行的時候，我和晶險些喪命，但後來還是平安歸來了。本來以為總算可以回到普通的日常生活，看來依舊留下一點影響。

「妳也反過來救了我，我們扯平了啊。」

「可是如果不像這樣抱緊你，你好像會去別的地方嘛……」

「不會啦。我就在這裡啊～？」

我就像哄著講不聽的孩子一樣輕輕撫摸她的頭，她這才慢慢放鬆手臂的力道，似乎是放心了。

「我不要你到別的地方去喔……你的作業還沒交。老哥，沒忘記吧？」

「我當然沒忘記啦。」

她說的作業，是指她在「藤見之崎溫泉鄉」的角落，一條古色古香的石板路上，突然拋給我的問題——

「——皆大歡喜才是王道！所以啦，老哥來想想，什麼樣的後續，故事裡的女生才會幸福？」

——我要思考故事後續，讓晶創造的故事中登場的「女生」迎向皆大歡喜的結局。而那個「女生」不用猜，就是晶。

她希望最後結局是和「白馬王子」結合。

至於白馬王子說的是——不對，先不管王子是誰，要我思考通往結局的情節，只覺得難如登天。

因此我拜託晶一起思考故事後續。

換個說法，意思就是在晶獲得皆大歡喜的結局前，我會一直陪在她身邊。

晶也接受了我的提議，可是站在我的角度，實在不知道具體來說，應該創造什麼樣的故事晶才會滿意。總之，我目前也只是像這樣和晶度過每一天。

只不過，也不是什麼都沒想。

既然我們提到聖誕節，就把之前一直在思考的事告訴她吧。

「要不要把聖誕節放進那個作業……就是故事的後續？」

「咦？」晶訝異地張開嘴。

「有這種活動，故事會比較好看吧？」

「可是你往年不是都跟上田學長還有陽向三個人過嗎？」

「今年就跟家人一起過吧。啊，不過老爸和美由貴阿姨大概會去工作不在家，所以到頭來，就是我們兩個一起過——」

「好高興。」

我的話還沒說完，晶就開口了。

「原來老哥有在思考我給的作業，也就是故事的後續啊。而且還想到要添加聖誕節的活動，你很浪漫嘛。」

「還、還好啦……」

「老哥，謝謝你！我真的好喜歡你！愛你喔～～！」

晶更加用力抱緊我，開心地喊著「嗚～」、「啊～」。

看她這麼開心，我也很高興，不過在人來人往的地方呼喊愛，還是覺得很難為情……

正當我心想我們在通道上做什麼時——聽到平交道傳來的喀喀聲響。

「晶，電車要進站了。我們過去——」

「那你可以用公主抱，抱我到驗票閘門嗎？」

「為什麼！」

「因為你是我的白馬王子呀♪」

「……用自己的腳走過去。還有，不管怎樣都別叫我王子……」

畢竟我頂多只能算是村人Ａ，也認識另一個有辦法面不改色，用公主抱抱起妹妹的白馬王子。

今天也有可能會碰上這位白馬王子和他妹妹——一想到這件事，我的心中便升起另一種緊張。

＊＊＊

我們從有栖南車站搭上電車，約十分鐘後抵達結城學園前車站。

從車站走到學校大概要五分鐘，我們通常都會在這條路碰上到校時間相同的上田兄妹。

這天早上也同樣看見他們的背影了——但我還是很緊張，猶豫該不該出聲叫他們。

——我之所以會這樣，是因為上田兄妹最近很怪。

今早從後面觀察，還是覺得他們中間隔著一小段距離並排走在一起。

我問過光惺，但他說他們沒發生什麼事。晶也從陽向那邊獲得同樣的回答。可是我和晶都覺得他們明顯哪裡不對勁。

而且——這次或許也和我有關……

我在猶豫之中，還是決定像平常一樣以輕佻的態度打招呼。

「嗨！王子！您好嗎～！」

「啊？」

光惺一臉不悅地回頭。

「不對，是大少爺啊？還是說，光惺你知道自己是王子？」

「煩……」

我也覺得自己這種打招呼方式很煩，但是看到光惺的反應和平常一樣，我就放心了。他要是真的不開心，根本不會有任何反應。

「因為哥哥一聽到『王子』兩個字，就會有反應嘛。」

陽向嘻嘻笑道，光惺也不悅地回了一聲：「煩。」

陽向說完，晶隨即靠到她身邊。

「陽向，早安！」

「晶，早安——啊，謝謝妳昨天傳ＬＩＭＥ給我！」

「昨天那個影片好看嗎？」

「嗯！我自己在房間裡笑出來了～♪」

看到她們也跟平常一樣感情融洽，我鬆了口氣。

到這裡為止，都是平常會有的互動……但問題在後頭——

「那個，陽向……」

「涼！……涼太學長，早安。」

當我直接和陽向說話時，她的臉突然紅了。

「啊、嗯，早安……」

「今、今天早上比平常還冷耶……」

「就是啊。搞不好會下雪……」

「是啊……說不定會下……啊哈哈哈……」

我們之間的對話無法延續，陽向帶著苦笑就這麼別過臉。

——總之就是這樣。

我們結束家族旅行回來後，陽向對待我的態度突然變了。

不是在聊天時發呆，就是坐立難安，再不然就是一下子漲紅臉，卻又馬上消沉下來，或是一臉泫然欲泣。不知道為什麼，我們之間始終維持著尷尬的氣氛。

簡單來說——她在躲我，是嗎……？

一直到前陣子為止，就算我們碰到肩膀，陽向也是笑笑的不會在意。可是現在，她跟我說話的時候，總會隔著晶、光惺或是戲劇社的成員。

——我對她做了什麼嗎……？

應該沒做出什麼會讓她討厭的事。是現在正好碰到敏感時期嗎？還是我真的做了什麼，只是自己沒發現呢……

不管是哪種，我和陽向之間確確實實出了問題，我卻束手無策，不知道該怎麼辦。

晶和陽向走到前面去了，所以決定再問光惺一次。

「……光惺，我問你。是關於陽向，她果然怎麼了吧……？」

「嗯？」

「總覺得她最近一直跟我保持距離……」

「是喔～」

光惺看也不看我一眼，只是懶洋洋地往前走。我不管他，繼續往下說：

「我對她做了什麼嗎……？」

「你直接去問她啊。」

「我問了，她就會說嗎？」

「誰知道。因為那傢伙是白痴啊……」

光惺懶散地抓抓頭，嘆了一口氣。

「既然你這麼在意，就直接去問她啦。」

光惺說完就不再開口，我也沒有繼續追問。

只是我和陽向現在的關係，讓我有點……總覺得很煩悶……

＊＊＊

走廊和教室的冷暖溫差很大。

我和光惺走進已經變暖的教室，現在有過半的同學到校，在裡頭聊天。

我把書包放在桌上脫下外套後，對著滑手機的光惺說：

「喂，光惺，今年聖誕節啊……」

「嗯？哦，那個啊？」

那個——指的是今早也跟晶提過的，上田家的聖誕派對。

上田家的爸媽年底年初也都很忙，所以往年都是我們三個人一起慶祝聖誕節。

我想應該是上田兄妹他們明白我家的狀況，顧慮到我**孤孤單單過聖誕節**，才會每年舉辦派對吧。

只不過從今年開始，我的情況已經改變，也不必再讓他們費心了。

「你們今年也計劃要辦派對嗎？」

「我跟陽向還沒討論，但應該會辦吧。」

「關於這件事，我要先道歉。今年要跟家人過。」

我老實說出這些年對他們的感謝，結果光惺顯得有些不悅。

「今年不是加上**矮冬瓜**，四個人一起過嗎？」

「對，抱歉……另外，謝謝你們往年都體貼我，替我準備派對。」

「我們才沒有在體貼你……」

「可是你們不是有準備禮物和其他有的沒的嗎？」

「那都是陽向想做的啦。」

「這樣啊，是陽向……」

只不過，當我看到自己現在和陽向的關係，今年就……

而且看陽向那個樣子，感覺她今年也不想辦了。

「不過你說要和家人過，是和矮冬瓜吧？」

「她、她也算家人啊……」

「是喔～」

我實在很怕光惺這種好像看透了什麼的眼神。

光惺以前才戳穿我是不是喜歡晶，所以一直沒跟他說我和晶現在的關係，總覺得過意不去。

雖然沒說謊，卻沒說真話——如果我們立場互換，我一定也會覺得不是滋味吧。

說不定他早就發現我和晶之間的關係了……

「其實我都無所謂啦，可是要怎麼跟陽向交代？她每年都很期待你來我們家耶。」

「是喔……？」

「畢竟跟我單獨過也沒意思啊。」

「沒這回事吧？陽向總是把你——」

「我問你，你對陽向有什麼感覺？」

光惺冷不防打斷我的話。

「什麼感覺？幹嘛突然這麼問……」

陽向是光惺的妹妹，我們在她小學六年級時認識。

她為人坦率、討喜、積極也肯努力。不只個性好，長相也很可愛，和我同樣隸屬戲劇社

——但光惺想問的似乎不是這些……

當我苦惱該怎麼回答時，光惺懶散地抓了抓頭。

「如果你不來，也跟陽向說一聲。」

「好，我知道了……」

話雖如此，要直接跟現在的陽向說話，還是讓我卻步。這時候——

「對了，就快期末考了吧？」

光惺突然改變話題。

話題實在跳太遠，令我瞬間愣在原地。

「啊……對啊，你說得對……就快了……」

但我還是急忙附和他。

「你一直在打工，都沒念書吧？」

「你還不是都跟矮冬瓜在家鬼混啊？」

完全說對了，簡直讓我啞口無言。

我這次數學很危險，還是不怕死，成天跟晶懶散地看漫畫、打電動，只顧著逃避現實。

說實話，現在上課也跟不太上了……

我是個嚴以律己的人，所以不到緊要關頭不會有任何作為——現在的狀況或許早已由不得我這麼說了……

「光惺，這次數學完全是鬼門關。再這樣下去，真的很不妙！」

「連你也覺得不妙啊？」

「對，我實話實說，已經到了就像在跟外星人對談的等級……」

「真假……」

正當我和光惺陷入自作自受的絕望中——

「——難道你們是在聊期末考？」

同班同學星野千夏開朗地走來攀談。

她個性開朗，為人認真。是個人面廣，處在現充小圈圈裡的女生。

花音祭時，我們班推出角色扮演咖啡廳，她擔任執行委員替我和光惺準備王子的服裝。

關於王子的服裝我有很多想說的事，不過多虧那身服裝，我和光惺才能上台演《羅密歐與茱麗葉》，所以就某個角度來說，她算是我們的恩人。

順帶一提，星野本來打算在花音祭的後夜祭向光惺告白。

可是因為那天陽向出了意外，這件事只好不了了之，她後來好像也沒有表白。

說實話我覺得「沒機會」，可是這點她自己也知道。明知如此卻依舊等待時機告白——看她這麼勇往直前，讓我對她產生了一點好感。

只不過，即使她想直接和光惺交談，光惺也只會嫌她煩，所以她最近都像這樣，趁我在的時候過來跟我們攀談。

事情就是這樣，我很識相地盡可能保持沉默。

「對了，上田同學和真嶋同學，你們在考試前會相約一起念書吧？」

「沒有約。只是剛好。」

「你跟真嶋同學從國中就是同班同學吧？」

「只是一段孽緣。是我妹很中意他罷了。」

「是、是喔～……可是你們看起來感情很好啊……」

「是妳多心了吧？」

——這個金髮帥哥王八蛋，我和星野都快哭出來啦！

「不過你們這樣好好喔！我、我也好想一起念書喔～……我隨口說說啦，啊哈哈哈……哈哈——」

星野隨著苦笑，瞥了我一眼。

按照這個話題走向，唉，就是這樣吧……

「對啊，嗯！我和光惺都不擅長數學，所以如果**有個數學很好的人**來教我們，那就好了啊～……我隨口說說啦，哈哈……哈哈哈……——」

——好了，星野，再來只要妳說自己數學很好——

「啊，我的數學可能也不太妙……」

——喂，拜託！妳也太老實了吧！

「那、那麼妳如果不嫌棄，要不要一起念書？就開個讀書會吧！讀書會感覺很好玩，不錯吧！」

「咦？可以嗎！好像很好玩！」

「怎樣？光惺，你也同意吧！」

我和星野帶著微小的希望看著光惺——

「那你們自己念吧。我就不打擾了。」

我們的希望就因為這麼一句話，三兩下消失不見。

我和星野就像摩艾像一樣，愣住看著彼此。

——光惺，不是這樣好嗎……你也設身處地替連帶受傷的我想想……

不過星野也有不對的地方。

她總想找個活動或節慶，瀟灑地完成告白，所以才會遲遲沒有進展。

花音祭結束後，她向光惺提議「要不要辦萬聖節派對？」結果被光惺以一句「懶」一腳踢開……站在光惺的角度，他大概是厭倦角色扮演了吧。

所以就連大家公認遲鈍的我，也看得出星野的心思。她想趁這次期末考，鞏固自己和光惺之間的關係，然後看準接著到來的聖誕節行動吧。

——趕緊把人叫出去，快點告白不就得了……

難道根據統計，在節日告白的成功率比較高嗎？

算了，畢竟對情侶來說，開始交往的那天就是一個新的紀念日，所以我也懂有人想趁著節日好好表現的理由啦——正當我皺著眉頭苦思，始終維持摩艾像表情的星野突然——

「啊，對了！」

她就像找到起死回生的招數一樣，看向窗邊。

「結菜！」

星野的視線前方，是坐在窗邊的一個女生。對方緩緩拿下耳機，一派輕鬆地看著我們。

「——幹嘛？」

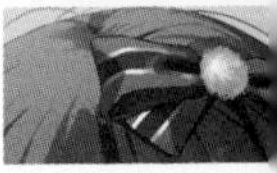

一道慵懶卻響亮的美麗聲音，從教室喧囂聲的縫隙鑽出，傳進我們的耳裡。

她叫作月森結菜。

第一學期坐在我旁邊，是有交談過兩、三次的人。

她特地離開座位，往我們這邊走來。

高挑的身材筆直俐落，身後柔順的秀髮左右擺動。

她的身材很好，慵懶的走路方式看起來反而有點性感。儘管我們同年，她給人的印象卻比較成熟。那對細長有神的眼眸，更增添身上的美麗氣質。

不過其實我有點怕她。

比如她和星野說話的時候也是——

「其實這次期末考的數學，情況有點糟糕～」

「所以呢？」

「妳想嘛，妳的數學不是很好嗎？」

「也沒有到很好的程度啦。」

「又這麼謙虛～上次期中考不是考得很好嗎？」

「那是碰巧。」

「妳在第一學期是不是也講過一樣的話？」

「那也是碰巧。」

——就像這樣。

明明有一副美麗的容貌和嗓音，這種平淡的口氣卻令人感到冷漠。

不會高高在上，也不會一臉嫌棄，這就是她的基本態度。

總之她不討喜，還默默散發一股神祕的氛圍——所以我總是不知該怎麼跟她相處。幸好我家繼妹是個很好懂的人……

「所以啊，想請妳教我數理～！要不要一起參加上田同學跟真嶋同學的讀書會？」

月森聽了，輪流看著我和光惺。

當我們四目相交，我看見在長長睫毛下的那雙黑色眼眸就像寶石一樣，發出一絲微光。

神奇的是，要是她一直盯著看，感覺好像會把人吸進那雙黑眸的深處，我急忙撇開視線。

最後月森看向星野，閉上眼睛嘆了口氣。

「……好吧。」

「太好了！結菜，謝謝妳！得救了～」

「不用謝啦。倒是妳，快點放開我。」

「結菜，我好愛妳～」

「好好好……」

我已經不想理會在眼前上演的美少女之間的友情（？），一臉厭倦地看著光惺。只見他也和月森一樣嘆了口氣。

「要開始上課了……」

然後說出和他最不搭的台詞。

——到這裡，其實都只是前兆。

我們之間的日常生活一點一點產生改變。

即使有些令人在意的地方，我還是像往常那樣上課，然後對不久之後的聖誕節抱著不斷膨漲的些許期待。

至於那件「出乎意料的事」，則是發生在這天放學後——

12 DECEMBER

12月3日（五）

馬上就要過聖誕節了！還有三個星期就是結業典禮！

和老哥一起過聖誕節，我好緊張興奮！

不過按照老哥的個性，他一定什麼都沒在想吧～當我這麼想時！

哎喲，要從哪件事開始寫啊！心臟整個狂跳不已！

他突然抓住我的手，還放進自己的口袋裡，這個偷襲也太超過了！我瞬間嚇到，想說：「咦？」、「為什麼？」實在是……啊啊，不知道要怎麼寫啦！總之先寫個「呀──！」吧！

而且老哥還說聖誕節要和我過，真假啦！今天的偷襲也太頻繁了吧！

我懂了，他是想讓我心動而死吧？

讓老哥心跳加速明明是我的特權，為什麼最近的老哥會這麼帥啦！

既然這樣，我也不能輸！我也要讓老哥心跳加速～！

不過這麼幸福，神明好像有意給我一場試煉……

神明是不是太壞心了啊……？

我最愛老哥了！

明明已經有這麼一個簡單的答案了，為什麼我和老哥的日常生活會這麼複雜？而且明明感覺會一帆風順，卻又變得這麼不順呢……

第2話「其實繼妹碰上出乎意料的事……」

Jitsuha imouto deshita.

時間來到發生「出乎意料的事」的前兩個小時。

放學後，戲劇社的社辦——這裡也有小小的「出乎意料」。

我一到社辦後，所有社團成員就被召集到在社辦中間的桌子前。總覺得室內飄蕩著一股沉重的氣氛。

明明已經脫離廢社危機，現在又怎麼了？

當我和所有成員一頭霧水時，肆無忌憚在這個空間散布沉重空氣的始作俑者，等到全員到齊才終於開口：

「二十四日的平安夜……等午後結業典禮結束……要來辦一場聖誕會兼第二學期慰勞聖誕老公公祭～……」

這個頂著彷彿肩負起全世界所有不幸表情的人，是我們戲劇社的社長，也是開朗全年無休的西山和紗。

她現在無比陰沉，這就是對我而言的「出乎意料」。

西山原本一個人可以抵上三人份的聒噪，現在卻如此陰沉——這是有可能發生的事嗎？

這樣反而讓人覺得弔詭。

「如果有人另外有事不能參加，請到西山我這裡來報備～……」

——這該怎麼說呢？我極度不想參加……

感覺就是個非常不好玩的活動……好像會一起被迫承擔她的不幸……

而且那個「慰勞聖誕老公公祭」是什麼鬼啊？

「詳細資訊我已經整理好印出來了，請大家記得看～……——好了，我要去一趟教職員辦公室了～……」

只見西山搖搖晃晃地站起來，然後離開社辦。

我立刻開口詢問想必知情的副社長——伊藤天音。

「伊藤學妹，西山（那傢伙）莫名沒什麼精神耶，怎麼了嗎……？」

「是啊……和紗因為聖誕節，有點小狀況……」

伊藤面露苦笑，壓低了聲音。

「其實她在班上有兩個平常很要好的朋友——」

——事情發生在今天午休。

『——聖誕節有什麼安排？啊，抱歉～！我和男朋友約好了～……』

『我也要跟男朋友出去。和紗，對不起喔，特地來邀我們～……』

『呃……啊，這樣啊。要跟男朋友出去啊～很好啊，很棒啊～！——……是說，妳們什麼時候交男朋友了？』

『妳去社團合宿的時候，有一場聯誼～』

『我們就被當時認識的男生告白了～』

『是、是喔～……原來妳們去聯誼了喔～？我都不知道有聯誼～……』

『因為妳想嘛，妳是戲劇社的社長，跟我們不一樣，是個大忙人啊～』

『好羨慕喔！我們超**羨慕**妳能跟大家一起揮灑青春的～！』

『會、會嗎～……對我來說，去聯誼、交男友比較讓人**羨慕**耶～』

讓人**羨慕**耶～……**羨慕**耶～……耶～……耶～……——

「——就是這樣。」

——原來如此。

一言以蔽之，就是「羨慕」啊……

羨慕……不對，硬要說的話，應該是「我恨～」才對吧……

「所以我們現在是被逼著參加她的慰靈會兼鎮魂祭吧……」

「啊，不是的。聖誕會兼第二學期慰勞聖誕老公公祭是例行公事，就算沒有中午那件事她也打算要舉辦喔。」

「但就憑剛才那種氣氛啊～……要是不參加，感覺就會受詛咒……」

——順帶一提，後來西山從教職員辦公室回來……——

「下週要開始準備期末考，所以社團活動暫停……不過我已經先取得放學後使用社辦的許可了，大家可以在這裡念書一直到離校時間……要自主練習的人，請在家……在家……在家……練——」

西山說到這裡，終於跪倒在地，雙手也撐著地板。

「——然後關於聖誕會兼第二學期慰勞聖誕老公公祭……聖誕節……聖誕節……——該死的現充們啊啊啊啊～～！嗚哇～～！」

她泛著淚，把該說的事都說完了，最後卻悔恨地不斷敲打地板。那副模樣實在太難看，我都看不下去了。

我沒有開口安慰（？）西山，身邊的社員們也一臉不知所措，感覺很難以啟齒。

這種情況真的沒辦法開口說話啦……

＊＊＊

社團活動來到一半，我想休息一下，所以知會伊藤後來到走廊。

當晶她們在努力練習時，我和伊藤在一旁處理雜務。可是要做的事情實在太多，根本忙不過來。

伊藤主要負責我不擅長的小物品管理、製作文件和準備劇本。

至於我，主要負責體力活。我們要做很多大道具和小道具，偶爾會詢問老爸這位專家，然後致力製作道具。

雖然已經完全習慣了，休息還是很重要。我去一趟廁所，然後在自動販賣機買了一罐咖啡，喝完就回到社辦。

當我走回去，發現陽向一個人佇立在走廊上。

「哎呀？陽向，妳也在休息嗎？」

「啊，不是……其實我有事找涼太學長……」

「有事找我？什麼事？」

考慮到我們最近的關係，儘管有些尷尬，我還是盡可能表現出開朗的樣子。

然而陽向卻含糊其詞，畏縮地說著：「那個……其實……」

實在看不出來這個女孩直到剛才為止，還落落大方地扮演著女主角。

她現在是個對自己沒信心的柔弱女孩。讓我忍不住想替她加油。

接著，她把手放在胸前，雙手食指不斷互碰，然後總算開口：

「是、是關於聖誕節的事……就是往年都在上田家辦的……」

「呃……哦，那件事……？」

我早上已經告訴光惺，卻還沒跟陽向說。

「哥哥有傳ＬＩＭＥ給我，說學長想跟我談這件事……請問你想說什麼？」

光惺那傢伙，傳訊息也不把話講完……

傳都傳了，倒是希望他明講，說我拒絕派對了。

「陽向，對不起。其實我決定今年要跟家人一起過，想說拒絕你們……」

「什麼！啊，這、這樣啊……？」

「之前明明每年都麻煩你們，對不起喔……」

「不會，既然是這樣，那就好……不過也不能說好啦……」

陽向為難地低下頭。

她果然很期待嗎？表情看起來很失落。

「所以妳今年就和光惺兩人開心──」

「涼太學長！」

「什麼事！」

「既然這樣，在聖誕節之前要不要出去吃頓飯！就我跟學長！」

「呃，啊……什麼！」

聽到這個突如其來的請求，我打從心底感到訝異。

「學、學長討厭……跟我吃飯嗎……？」

陽向滿臉通紅，尷尬地再度互碰食指。

「我、我不討厭啦！好吧，我們去吃飯吧！」

「好、好的！麻煩學長了！我再跟你商量時間和地點喔！」

我點頭應了聲「嗯」後，陽向才急忙回到社辦。

──總之先慶幸陽向沒有討厭我吧～……

陽向這個突如其來的邀約雖然讓我有些畏怯，但我們依舊約好兩個人一起去吃飯——

＊＊＊

「——事情就是這樣，我在聖誕節前會和陽向一起出去。」

社團活動結束後，我和晶一起前往結城學園前車站，並向她報告剛才和陽向說好的事。

「老哥，意思是……你要跟陽向去約會！」

「不對！只是一起去吃頓飯！」

我知道陽向並非喜歡我。

她是個單純的好女孩，從以前開始就很相信我。

「可是如果陽向覺得這是約會……」

「別鬧了。被別人這麼一說，會害我愈來愈在意……」

這時晶發出疑惑的聲音，臉上也帶著錯愕。

「可是陽向她……奇怪……？」

「嗯？怎麼了？」

「啊……沒有！沒什麼是也！」

「是也……？哦，是喔……？」

晶滿臉通紅，心慌不已，感覺好像在隱瞞什麼。

「不過，這樣啊……既然陽向邀你吃飯，代表沒有討厭你吧？」

「這就是最讓我鬆了口氣的事……」

「還以為老哥對陽向做了什麼。」

「不可能好不好？我對她已經很客氣了耶。」

「真的嗎～？你沒有誤會人家是男性朋友，然後邀她去洗澡吧？」

「誰會誤會啊！我們都認識將近五年了，為什麼事到如今要這樣！」

晶會這麼說，純屬半開玩笑，不過看樣子她也稍微放心了。

「然後我還有一件事要報告——」

我把今早說好的讀書會一事告訴晶。

「——所以了，下個星期開始，我和光惺他們總共四個人要一起開讀書會。」

我沒有說出星野對光惺的心思，只是簡單說出事實。

結果晶不知為何，以不解的視線看著我。

「哦～跟女生啊～……二對二啊～……好像很好玩～……」

看來她把讀書會想成聯誼之類的活動了。

「我們班有個叫月森的女生，她數理很強，只是因為這樣要一起念書而已。」

聽起來可能有點像在找藉口，可是我們真的沒有任何戀愛要素。

要說有的話也是光惺那邊，我現在甚至開始後悔自己傻傻地介入這件事。

——幫助星野同學是不是不太好啊……？

我也很猶豫要不要把這件事告訴陽向。

「老哥，你說的這個月森學姊，她可愛嗎？可愛嗎？」

晶拉了拉我的袖子，然後鼓起臉頰。

「與其說是可愛，應該要說美女吧？她的數理很強，這在文組很少見喔？」

我不假思索地回答，但晶顯得更不是滋味了。

「嗯～……理科美少女啊～……」

「但她沒有理工宅的感覺喔。雖然我也沒跟她說過幾句話啦。」

「個性呢？感覺是什麼樣的人？」

「感覺有點冷淡？很難親近的感覺吧……」

——我沒來由想起剛認識晶那時的事。

這才想起來，認識晶之後，她有好一陣子都難以親近。反而是我一直貼上去，所以從未介懷她的冷淡……但那也是因為我誤會她是弟弟啦。

不過月森的難以親近卻有些不同。

她給人一種神祕感，而且冷若冰霜，就像把感情收在某個地方一樣，沒有晶那種破綻和隨性感——就是這種感覺。

「呣～呣～！老哥這種表情，一定是在想月森學姊吧！」

幸好晶是這麼坦率又可愛……雖然偶爾會太坦率、太可愛就是了。

「沒有啊，我只是在想，真的很慶幸我的妹妹是妳啊～」

「怎、怎麼突然說這種話啦……！就算你說這種話，也休想瞞過我的法眼！老哥，你對這位月森學姊——」

「我只是在誇妳啊。沒有想隱瞞什麼。」

我一臉無奈地撫摸晶的頭，她應了一聲「討厭」後嘟起嘴巴。

不過，摸著晶的頭的同時，也有那麼一點介意月森這個人。

她也算是有自己的交友圈，所以說不定只在女孩子面前，或是在朋友面前才會露出不一樣的面容——

「——月森……要是能笑口常開就好了……」

「呣～呣～呣～！禁止老哥跟美少女來往——————！」

「……什麼？為什麼突然搬出禁令啊？」

剛才的三次「呣～」很令人在意……難道繼妹（妹妹）的臉也是三次為止（註：日本諺語，指看起來很溫厚的人，如果多次對他無禮，對方也會生氣）？

「老哥身邊有太多美少女啦！」

「妳是想說自己也包含在那些美少女裡面嗎？」

「反、反正我又不是美少女！既男孩子氣，又被某人誤會成弟弟……反正我就是不可愛嘛……」

她愈說愈小聲。

真是受不了，我現在可是因為她太可愛，覺得很傷腦筋耶……

「妳轉學的第一天，不是有被三年級的學長搭訕嗎？跟陽向一起在校門前……」

「那是因為陽向很可愛吧。」

「那是原因之一，可是妳也——」

——我的話還沒說完，突然有個人往我們這裡靠近。

「——啊，果然是妳。是姬野晶同學對吧？太好了～！我在這裡等是對的♪」

是個不認識的女人。她穿著幹練的套裝，年紀大概三、四十歲。

是個和高雅的美由貴阿姨氣質不同的美女。

——才剛接到美少女禁令，結果馬上就碰到啊……

算了，反正對方不是美少女，是美女。而且人家不是找我，是找晶。

我挪動視線看向晶，只見她歪著頭……看來晶也不認識她。

「啊，對不起，突然出聲叫妳。這是我的名片——」

——如此說道的她從口袋拿出名片盒，然後熟練地取出名片，放在名片盒上，再伸出雙手遞給晶。

晶隨著一聲「謝謝」接過名片，不明所以地看著名片。

「你是哥哥吧？我記得是叫真嶋涼太？」

「對，沒錯……」

於是對方也同樣對我遞出名片。她應該只是順便給我，這卻是我人生第一次從別人手中拿到名片。她這麼彬彬有禮地遞出名片，我也不由得拘謹地說聲：「謝謝。」

「富士製作（Fujipro）A股份有限公司……？」

我看著剛拿到的名片，發現在這個陌生公司名的底下，印著「新田亞美」這個名字。職稱是「經紀人」……經紀人？

這個經紀人難道是指……！

「幸會，我是經紀公司富士製作A的新田亞美。請多指教——啊，可以耽誤你們一點時間嗎？」

新田小姐這麼說完，露出可人的笑容。

——但在這個時間點，這已經是一件「出乎意料」的事了。

＊＊＊

幾分鐘後，我們來到結城學園前車站附近的咖啡廳。

我和晶隔著桌子與新田小姐面對面坐在位子上。

「再自我介紹一次，我是新田亞美。看你們要叫我亞美還是新田都可以。啊，可以用『小晶』稱呼姬野同學嗎？」

「可、可以……」

「那哥哥這邊，可以叫你涼太同學嗎？」

「啊，可以。」

「那你們要點什麼嗎？我會請客，不用客氣——」

新田小姐熟練地把菜單放在我們面前。

我們原本客氣地表示喝水就行，但她卻說這樣對店裡的人不好意思，而且反正可以跟公司報帳，就替我們點了冰紅茶。

「話說回來，小晶，這樣近看妳真的很漂亮耶～」

「沒、沒有這種事……」

「不，妳的容貌真的很美。身材也很好，你們家都是俊男美女嗎？」

「這、這我不好評論……」

「那就是妳自己平時的努力有成果了吧。順便問一下，妳有在保養嗎？」

「沒、沒做什麼特別的……」

「那妳果然是天生麗質。這麼漂亮，在學校是不是很受歡迎？妳有很多朋友嗎～？」

「不，沒有這種事……我很怕生……」

「天啊，好可愛！原來是怕生的男孩子氣小女生啊～——有這麼漂亮又可愛的妹妹，涼太同學真教人羨慕。」

「啊，是啊，說得也是……」

話題來到我身上了。

「涼太同學也很不錯喔。感覺得到你的溫柔，應該很受弟弟、妹妹喜愛。」

「是、是嗎……？」

有人誇獎自己，自然是喜上眉梢，但另一方面又覺得有點假。

我在一旁聽她說話，發現那不是單純的誇讚。

家人、晶本身、晶的周遭、我——感覺她是想先大肆誇讚，探探晶的口風，尋找什麼才是對她最有效的話題。

把話題拋給我，也是想觀察晶有什麼反應吧。

像揮動刺拳那樣一句接著一句的說話方式，也是為了不給我們時間思考——當我抱著這樣的疑慮傾聽新田小姐說話，她突然對我嫣然一笑。

「我這種說話方式，其實是一種職業病啦。所以不要這麼防著我。」

——唔……！這個人……

她完全看穿我的想法了。或者是利用話術誘導，讓我產生這種想法？

我不知道，總覺得謊言或試探對她都沒有用。

「真對不起，就我一個人喋喋不休。星探當這麼多年，一不小心就會說個沒完～……」

新田小姐傷腦筋地笑道。

「那現在輪到你們問問題了。如果對演藝圈有什麼問題，都可以問喔——啊，但假如問藝人的八卦，那我就傷腦筋了～」

新田小姐半開玩笑地說著。但我並未理會她，從剛才開始就很擔心晶。

晶最怕這種人了。她久違啟動「乖乖牌模式」只是低著頭，從剛才開始就以不會被新田小姐看到的方式，在桌子底下握著我的手，完全不肯放開。

我透過晶的手，可以感覺到她非常緊張。

雖然晶說她沒有什麼想問的，我倒是有一件一直很在意的事。

「那可以由我問個問題嗎？」

「要問什麼呢？」

「妳怎麼會知道我們的名字？」

新田小姐的眼神瞬間產生些許猶疑，我並沒有放過這個反應。

「而且妳一開始就知道我們是兄妹了吧？我們的姓氏明明不一樣，請問妳是在哪裡得知這件事的？」

看準時機，繼續追擊。

我有發現新田小姐打從一開始就隱瞞著什麼。

名片應該是真的，她想挖角晶應該也不假，但就是覺得哪裡怪怪的。

追根究柢，我和晶的情報到底是從哪裡走漏的？實在很在意。

「──來，看這個。其實我也有去逛結城學園的校慶，是叫花音祭嗎？」

新田小姐從包包裡拿出我們戲劇社在花音祭推出《羅密歐與茱麗葉》公演時，發給觀眾的A3開對折的導覽手冊。

上頭確實印著演員們穿上舞台裝前拍的照片和演員名單——就是因為這樣才更奇怪。

「導覽手冊上的演員名單，在當天突然改了。上面並沒有我的名字喔。」

我就像個高中生偵探，伸出手指指向新田小姐拿出來的導覽手冊。

慢了一拍才回過神來，發現晶正以「真不愧是老哥！」的表情看著我。

——晶，看到了嗎？這就是做哥哥的實力！

然而新田小姐並未因此慌了手腳，她勾起嘴角的弧線。

「是啊，上面沒有你的名字。所以我問了坐在旁邊，熱衷拍攝的男性，結果他開心地跟我說『他是我的兒子』。我就是在那時候，知道你叫**真嶋涼太**。」

「啊、啊啊～～……………——原來如此。」

我才剛要一次帥，現在卻難為情到了極點！晶也以「遜斃了」的表情看我！

而且沒想到情報來源居然是我家老爸喔……！

「飾演朱麗葉的人也跟手冊上不一樣，所以也問了你的父親。結果他一臉自豪地說『她也是我的女兒』。」

喂喂，老爸——！

「可是手冊上的名字是『姬野』，我覺得很介意，所以問了為什麼？結果涼太爸爸身旁的女性，也就是小晶的媽媽跟我說他們最近再婚了，還說了很多事喔～」

連美由貴阿姨都這樣！

「啊，對了，小晶的媽媽是個很棒又很漂亮的人耶～！但我覺得好像在哪裡看過她……是我多心了嗎？」

要是愈聊愈深入，感覺會很麻煩，所以我沒說出美由貴阿姨是會出入電視台的彩妝師。老爸的工作我也順勢隱瞞。

話說回來，我們的情報居然被家長無端洩漏、無所遁形……

就算他們很高興自己的小孩兄妹兩人一起站在舞台上，面對一個剛見面的人，他們也太多嘴了吧……

是說，我們剛才說到哪裡了？真嶋家沒有在花音祭結束後掀起挖角之亂，也就是說，新田小姐可能沒對老爸他們說出自己的來歷……

「還有別的問題嗎？」

「呃，那……妳為什麼要挑現在接觸晶？花音祭都是一個月前的事了……」

如果她想要晶的才華，那公演結束後就和晶接觸也不足為奇。

這也是我感到異樣的其中一點。

「我直到前陣子為止，都在別家經紀公司工作。說是別家，其實也是母公司啦，後來才外派到現在這個富士製作A～最近這個月要忙交接，有點分身乏術。」

這個理由很正當，根本無從挑剔。

「請問什麼是**外派**？」

「就是以母公司員工的身分，到別間公司工作。這是公司的命令～上頭要我把富士製作A做起來～」

新田小姐一邊說，一邊發出苦笑聲。

母公司、子公司、外派——這些都是身為學生的我沒什麼聽過的詞。不過簡單地說，新田小姐是受到上頭的命令，前往別間公司工作。這點我有聽懂。

而且以她說話的口吻，我想她或許是個很能幹的經紀人。

她能幹的氛圍，透過這種輕快的口吻清楚地傳遞過來。

「不過你們聽到我這麼說，可能會覺得富士製作A的公司內部情況嚴峻，但其實上頭好像是想要一點變化。」

「變化是嗎……」

「對，變化。而且是我們母公司和其他公司看了，會驚訝不已的變化。為了這種變化，我們需要引爆的材料——所以才會找上之前就很感興趣的小晶。」

晶會成為讓演藝經紀公司驚訝不已的引爆材料……？

我是沒有資格說這種話啦，不過這會不會太高估晶啦？

「為什麼是晶？」

「如果是你，應該懂吧？」

「咦……？」

「你在演露台那段戲的時候忘詞了吧？」

當時的情景因為她這句話突然復甦——

『什麼嘛，笨蛋羅密歐……不過請你愛著我。如果喜歡我，請你相信我……』

——我當時不慎忘記自己正飾演著羅密歐。

她是那麼美，而我是這麼心痛、這麼心疼她——那一瞬間，我的心完全被變成茱麗葉的晶奪走。而且似乎不只我一個人這樣。

「當時我為之震撼……這麼多年了，近距離看過許多演員演戲，可是在那個瞬間，我打從心底被她撼動。而且愛上了茱麗葉……」

新田小姐一臉陶醉地捧著臉。

「我想不只有我這樣，在會場的人們都一樣——涼太同學，你當時又有什麼感覺呢？小晶就在你的身邊，你好像因此忘詞了。」

「我們是兄妹啊，我也只是忘詞而已……」

「呵呵♪那就當成這樣吧～」

新田小姐看穿我的謊言，不懷好意地笑了。

接著她轉向晶，眼神變得更認真。

「小晶，妳沒有想過在更大的舞台上演戲嗎？」

「沒、沒有……」

「為什麼？」

「因為……我沒辦法想像……」

「每個人一開始都是這樣。就算是這種人，我們富士製作A也會好好經營他們，然後用盡全力輔助去挑戰大舞台的人。接著讓他們發現新的自己，這就是我們公司。」

「挑戰……新的自己……？」

「換個說法，其實就是自己全新的可能性。看看自己這個人究竟有什麼附加價值，又會影響到多少人——妳不想知道這些嗎？」

「我不是很懂……」

「那我說得更簡單一點喔──」

她會說什麼呢？說「我們一起改變世界」、「創造夢想」這類冠冕堂皇、曖昧不清又抽象的挖角台詞嗎？

然而她卻以更熱切的眼神，這麼說道：

「──我想看看女演員姬野晶站在大舞台上活躍的模樣。」

我和晶都忍不住「咦？」了一聲。

「妳有用盡全力演戲、完全入戲，然後探尋自己這個人的新面貌，同時給予眾人感動的才華。我看了那場《羅密歐與茱麗葉》後，有了這樣肯定的想法，所以才會來找妳。」

剛才那些話就像謊言或場面話，她這句充滿熱忱的話語，不知為何深深敲進我心裡──不對，應該要說「被攻陷內心」比較正確。

這個人現在只是老老實實地把自己的感受說出來。

這樣的話語非常自私，而且欠缺客觀性，全都是大人的私心。

──然而為什麼會這麼有說服力，而且令人感動呢？

直到剛才還盤旋在內心的疑慮，就像假的一樣已經消散。而且我也和她一樣，開始想像晶在大舞台上活躍的模樣。

「小晶覺得呢？妳不想看看自己在大舞台演戲之後，大家會用什麼表情稱讚妳嗎？」

晶一臉為難地低頭。硬要說的話，她很煩惱——既然會煩惱，代表她還是對演員這條路有興趣吧？會不會是被新田小姐那麼一說，開始想要發現新的自己，也想勇於挑戰了呢？

「那涼太同學有什麼想法？你不想看看小晶變成那樣嗎？」

「這、這是晶自己決定的事，我的意見——」

「還是你希望晶是只屬於自己的可愛妹妹？」

「唔……！」

——這個人真的是高手……

因為剛才這句話，我完全懂了。

她剛才說的那句話，不是只針對晶，也是對我說的。

她藉著詢問我想不想看看晶新的一面，想不想看她在大舞台活躍來說服我。

要說為什麼——因為她知道我和晶之間的關係。讓我感覺到她已經如此確信。

希望她是只屬於我的可愛妹妹嗎？

我不希望——她會提出這道疑問，是早已知道我無法這麼回答。

我希望——她讓我看清要是我這麼回答，等於是我這個哥哥剝奪了晶發現新的自己的機會，同時也搶走她身為演員的可能性。

我希望——我是很想這麼回答，可是一直陪著晶的我，很了解她，所以無法這麼回答。

我知道——晶有成為演員的才華……

換句話說，新田小姐打從一開始就不需要我的答案。她的目的是堵住我的嘴。這種感覺就像被人硬是用話術說倒一樣，很不甘心。

我沉默不語後，新田小姐露出從容的笑容，然後轉向晶。

「好了，妳覺得呢？要不要來富士製作A看看？當然了，這也需要家長同意，但我想知道妳現在的想法。」

「我現在的想法……現在的我……——」

晶用了更多力氣握住我的手。

最後緩緩抬起頭，眼裡帶著今天最堅定的意念。

她一定是下定決心了。

決定要去挑戰，去發現新的自己……

「——我想當只屬於老哥的妹妹。」

這樣啊，她果然想去大舞台……嗯？

「「……咦？」」

我和新田小姐雙雙睜著訝異的眼神。

時間彷彿靜止般的流動。

首先有動作的人，是晶。

她似乎終於明白自己說的這句話是什麼意思，臉在轉眼之間紅透，又把頭低下去。

「啊……不是啦，還是當我沒說過。該說希望老哥把我當成普通的女孩子看待，還是不想一直當個妹妹……」

我不發一語看著晶說得語無倫次。

此時新田小姐總算回過神來，她臉上的笑容都僵了。

「小晶，這句話的意思是……」

「是、是的……我以後也想永遠待在老哥身邊。所以對不起……我沒有那麼想被老哥以外的人看到……」

我靜靜地低下頭。

不是因為害羞到臉紅得不敢見人。

而是因為我親身體會到，自己剛才和新田小姐的心理戰在這個戀兄繼妹面前，居然如此毫無意義，內心有一股類似死心的無力感襲來……

──這就是「出乎意料的事」……

晶推掉挖角的理由，居然是因為我……

即使如此，新田小姐還是沒有罷休。她希望晶跟爸媽商量一下，再考慮一次，還給了十二月二十五日這個期限──也就是聖誕節。

畢竟她這次拒絕的理由是我，這讓我心裡有點複雜。

要是一個沒處理好，這件事情說不定會變成真嶋家的啟示錄（Apocalypse）。有這種感覺的人，就只有我嗎……？

12 DECEMBER

12月3日（五）

沒想到在放學回家途中被星探挖角了！

富士製作Ａ的新田小姐……她看起來人很好，但又好像很嚴格……

是個可怕的人，也是個好人，卻又很恐怖？我不知道啦！

不過老哥真有一套，他面對新田小姐還是落落大方！好帥！

可是當他做出宛如名偵探的推理，卻被新田小姐推翻時，好像有點遜……這叫遜得很帥？

總之我們談到最後，決定保留到聖誕節再回答。

她希望我跟爸媽談一談再決定，可是我想先跟爸爸商量。

關於陽向那邊的問題，老哥好像會想辦法解決。

可是還是有點在意耶……她會邀老哥出去，只是想商量事情嗎……？

據老哥所說，從陽向的反應來看，她的想法……是哪一個啊？

我不是很清楚，可是老哥一定會想辦法解決！

然後我終於有情敵出現了嗎！

對方是月森學姊，好像是個理工女，我比較擔心這個！

擔心什麼？那當然是按照老哥的個性，不知道會不會像我那時一樣，讓人家誤會……

我是姑且叮囑過了，可是老哥，真的拜託你振作喔～……？

挖角、陽向、月森學姊，還有二年級換班啊……

該思考的事情好多，腦袋都要短路了！

老哥，救命啊！

第3話「其實我因為繼妹那件事，找她親生父親商量……」

「富士製作A？——我知道啊。是富士見傳播這間演藝經紀公司的子公司。」

十二月四日星期六，與新田小姐見面的隔天。

當天下午，我和晶在「洋風餐館・卡農」與建先生見面。

這裡是我第一次見到晶和美由貴阿姨的餐廳。與當時相比，店裡的擺設已經變得很有聖誕節氣氛了。

只不過說實話，現在的我和晶根本顧不得享受聖誕節。

「所以妳被他們挖角了嗎？」

「嗯，你看——」

建先生從晶手上拿過名片，然後皺起太陽眼鏡下的眉頭，並撫摸帶著鬍碴的下巴，發出「嗯～」的聲音。

他看起來沒有很驚訝，就這麼把晶給他的名片放在桌上。

「妳老爸和美由貴知道這件事嗎？」

「還不知道。他們今天晚上都在，我想到時候再說。」

「我聽老爸和美由貴阿姨說過，那是個很辛苦的世界，所以想在真嶋家討論這件事前，先聽聽建先生你的意見。」

昨天我們已經聽過新田小姐的說明了，後來也用自己的方式上網查詢。

最後我們決定聽業界人士說說他們是一間什麼樣的經紀公司，演藝圈又是一個什麼樣的世界。

因此想到如果是演過電影和連續劇的建先生，應該很清楚這方面的事，就決定問他了。

不過說是連續劇，其實建先生主要是演黑道電影的演員——應該說是舞台劇演員才對。根本毫無流行趨勢可言，而且長得就一臉黑道樣。眼神銳利，身材魁梧。他要是走在大街上小孩子搞不好會嚇哭。

我已經很習慣他的外表，可是一旁的客人們都看著我們，然後竊竊私語。

我猜我們看起來一定很像代替欠債跑路的父母前來赴約的兄妹，然後正被討債人逼著還錢。但其實建先生只是個疼愛孩子的爸爸，還很愛操心。

他不是個壞人，卻是個認真的演員，就連現在也努力扮演著凶神惡煞……應該吧。

向建先生解釋來龍去脈後，他了然於心地說：「原來如此啊。」

「如果是富士見傳播這個名字，你們應該聽過吧？」

「嗯。」「聽過。」

「我們圈內有『三巨頭』，說到演員就是富士見傳播，偶像就是夏尼恩(Shining)經紀公司，諧星就是吉川興業。演藝圈就是由這三個大佬支撐的。」

「吉川興業是那個搞笑藝人很有名的公司嗎？」

「夏尼恩的偶像很常出現在電視上吧？」

「對。跟這兩間公司並駕齊驅的，就是富士見傳播。你們平常看的連續劇、電影，裡面的演員大多是這間經紀公司的旗下藝人。」

「那果然是很厲害的公司吧？」

「他們已經不能用厲害形容了。他們在演藝圈裡面很有勢力，現在這麼不景氣，卻像雨後春筍一樣，不斷成立子公司。比較出名的就是謬斯(Muse Studio)工作室、NXTED G——還有這間富士製作A了。」

——比我想像得還要驚人……

建先生說的全是在電視上活躍的模特兒、偶像、歌手們所屬的經紀公司名稱。

「儘管是子公司，每一間在演藝圈裡的勢力都很龐大。他們最近好像還跟國外的公司聯手，想幹一票大的。」

黑道組織的火拼和勢力圖——不對，建先生應該是很認真在講解演藝經紀公司的勢力版

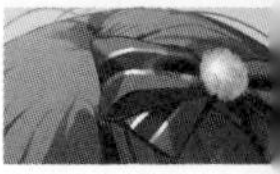

圖。絕對不是在選擇上門找碴的對象……

之所以會有這種想法，是因為這個人的打扮還有獨特的說話方式。

我想應該不至於，但還是忍不住擔心晶有一天會有樣學樣……

「爸爸，你說的母公司、子公司是什麼意思？」

「就算統稱藝人，其實也分成偶像、諧星或演員，很多種不是嗎？富士見傳播就是把這些分到子公司經營。」

「為什麼？」

「如果妳想當模特兒兼電視明星，會怎麼做？」

「呃……去有很多這種藝人的經紀公司吧……」

「為什麼？」

「因為這樣的公司感覺比較強。還有做出實際成績的經紀公司比較好吧？」

建先生藏在太陽眼鏡底下的銳利眼神發出一抹亮光。

「沒錯。以富士見傳播來說，加入謬斯工作室，比較容易接收到情報和通告。然後站在公司的立場，把同種類的藝人集中在一起，也比較方便管理，各方面都很方便——然後讓子公司負責經營管理，母公司就能吸收利益，賺翻天了。」

他最後怎麼露出這麼邪惡的表情啊……

「呃……只要子公司努力工作，母公司就會賺錢，是嗎？」

「大概就是這樣吧。這是拓展事業的一種戰略，實際上是母公司在背後牽線啦——要一一說明會沒完沒了，反正與其讓金銀財寶全部攬在一起，沉睡在一個巨大的金庫裡，不如金歸金，銀歸銀，寶石歸寶石，然後把這些東西交給行家管。這麼一來，名為利益的金雞蛋就會回到主人手邊了。」

建先生接下來要演金融劇嗎？扮演討債人之類的……

「言歸正傳，富士製作A是專屬演員的子公司，主要接電影、連續劇，與舞台劇這些通告。然後後面有超大型公司富士見傳播坐鎮，根本是一帆風順。」

「就算這樣，要是富士製作A經營不善，那會怎麼樣？」

「就是把公司賣了，或是直接宣布倒閉吧。」

「咦……？」

我心生動搖，差點就把手裡的杯子摔破。

「為了避免這種情形，母公司姑且會做補救。比如讓旗下藝人換公司，或是指派能幹的員工過去。這就是所謂的有效活用人才。」

建先生的說法感覺就像什麼帝王一樣，每一句聽起來都很危險，公司這個詞從他嘴裡蹦出來，感覺也會變調……不過算了。

「外派也是其中一種策略嗎？」

「嗯？是啊，不過真虧你知道這個詞耶。」

「是啊，還好啦……」

「反正督促孩子也是父母的責任。為了提升經紀公司的業績，他們也會外派員工到子公司。這一點也不稀奇。」

建先生解說完畢之後，一臉滿足地望向晶。

「話說回來，晶，妳被一個不得了的地方找上了耶。雖然對真嶋很抱歉，不過妳的頭號影迷可是我喔。」

建先生半開玩笑地這麼說——

「不行不行不行不行不行～～！這種事情我還是做不來啦——！」

晶激動地搖頭。

「妳說不行……可是妳也聽那位新田小姐說了吧？他們那種大公司都有相關事業，演戲課程和其他輔助都做得很好，不用擔心啦。」

「可是好恐怖喔～……像我這種人，在那種大公司一定不管用……」

晶縮起脖子。她不只對自己沒信心，現在知道對方是比想像中還大的公司，反而讓她覺得壓力更大了。

……還是被建先生的解釋嚇到了啊？我們問錯人了嗎……

「我現在知道妳沒信心了——那妳要怎麼回覆？」

「我拒絕了，可是她說跟爸媽談談，再考慮一次……」

「這是挖角常用的話術啊——那妳為什麼要拒絕？」

「因為我做不來啊……」

「那我這麼問，晶……妳喜歡演戲嗎？」

「我喜歡演戲……演各種角色很開心。但那是因為我跟戲劇社的大家演，而且——」

晶直盯著我，向我求救。

建先生見狀說了一句「原來如此」了然於心地看著我，然後笑道：

「因為老哥在妳身邊是嗎？」

「嗯。只要努力，老哥就會誇獎我。所以我才能夠繼續加油。如果沒有戲劇社的人和老哥在，我一定不行……」

建先生喃喃說聲「這樣啊」然後看著手邊的咖啡。

「建先生，你覺得呢？讓晶進入黑……不對，進入演藝圈……」

建先生從剛才開始，就沒有站在否定的角度。聽起來的感覺甚至可說是肯定，但我還是很在意他到底有什麼想法。

他在演藝圈嘗遍辛酸苦楚，原本以為他應該會站在否定的立場……

只見建先生啜飲一口咖啡，靜靜吐出一口氣。

「在那之前，真嶋，你把昨天的事詳細說一遍。我聽完再說。」

「也對。那就——」

我開始把昨天的細節告訴建先生——

＊＊＊

「——大概就是這樣……」

我對建先生說完昨天的事之後，晶突然說她要去洗手間，便紅著臉離開座位。

大概是想起昨天的事，覺得很害羞吧——呃……喂喂，妳要在這種情況下，讓我跟建先生獨處喔？

「真嶋……」

「是，什麼事……？」

我戰戰兢兢地看著建先生的臉，他再度喝了一口咖啡然後笑了。

「我女兒很愛你嘛……」

……

…………

………………

這個人怎麼一臉非常安心的表情啊……

「不不不不，結論不是這個吧？」

「就是這個吧？她不惜踢開大公司的挖角選了你啊。這就是愛吧？是愛。」

「所以我的問題是這樣真的好嗎？難得她有當演員的才華耶！」

「她本人又不要。既然這樣，也不必硬是鼓吹她去當吧？」

「不是啊，可是這樣～……」

「怎樣？難道你想讓晶進演藝圈（這邊）嗎？」

「不是，也不是這樣……我沒辦法好好說明，但明明是一件左右自己未來的事，我覺得不能以我當基準來決定。我想她是真的對自己沒信心，可是拒絕的理由實在有點……——」

如果是其他理由，那我也能接受。然而當真沒料到她會把我拿來跟她的未來比較，我現在非常混亂。

而且昨天晶的那種反應……她很猶豫。

我覺得她在拒絕對方的時候，顯得非常猶豫——不對，一定是這樣。

我從旁看著晶在戲劇社活動，知道她的成長幅度很明顯。連我這種外行人，都看得出她的演技進步多少。而且她自己也說喜歡演戲……

當然了，她剛才也有提到，是因為有我和戲劇社的人們陪著。但我猜她是不是其實也想就這樣順勢走上演員之路呢……——

「……晶好像還是很迷惘。」

我聞言忍不住「咦？」了一聲。

「看她的眼神就知道了——那傢伙心裡應該是想當演員。」

「那、那麼——」

「你先別急。真嶋，我大概知道你想說什麼——可是啊，現在的她沒有那種氣概。演員這條路可不輕鬆，沒溫柔到會好心督促一個打從一開始就沒幹勁的人，提起幹勁往前。」

感覺得到這句話蘊藏的重量。

建先生剛才那些解釋，應該是故意說得很可怕，藉此試探晶的覺悟吧。不是以父親的立場，而是一名演員。

如果她真的想走演員這條路，那麼現在根本不是對自己沒信心的時候……

「這我也知道，可是這對她來說是一個大機會耶？」

「是不是機會，要由她來決定。」

「可是她說不定會因為我浪費掉這個機會，這真的──」

──身為學生又沒有任何力量的我，實在沒有那麼多信心。

「對她來說，你已經是人生的一部分了。她大概是覺得如果不能待在你身邊，那才是浪費自己的人生吧。」

「所以我才說──」

「真嶋，聽好了。我可是聽說你在那座山上捨命保護她喔。既然這樣，這次也要使出全力好好接受她喔。重要的是你身為男人的覺悟啦，覺悟。明明在情急之下有辦法做到，為什麼平常就沒辦法？」

「那是因為我比她年長，是她的老哥，才會那麼拚命……」

「你比較年長，或是身為老哥，這些都無關緊要。你當時是為了保護重要的女人吧？只要你們的箭頭都朝著同一個地方，那不就好了嗎？」

「才不是。我們根本是平行線啦……」

建先生聽了，以受不了的模樣嘆口氣。

「你跟晶一樣，都是對自己沒信心而已。放手擺架子就行了。」

「放手擺架子……？」

「在演員的世界裡，為了秀出自己的優點，硬逼自己做些誇張的動作，就叫『放手擺架子』。」

「那跟『裝模作樣』不一樣嗎？」

「不一樣。裝模作樣是為了隱藏自己沒自信，所以做做表面工夫而已。不是想表現出自己的優點，純粹是隻紙老虎，是裝腔作勢又虛假的一面。」

我大概知道其中差異了。可是──

「──如果是這樣，我根本沒有能擺架子的信心……」

「你不是有嗎？可以擺架子的信心……」

「是什麼……？」

建先生長嘆一口氣，然後開口：

「──比世上任何人更重視晶的信心啊。」

「咦……？」

「不然你才不會為了晶這麼煩惱，還想這麼多吧？」

「因為……我、我們是家人……」

「你再創造另一個家人就好了啊。就你跟晶……」

事情又沒那麼簡單。我開始心生煩躁了。

「你是因為事不關己，才會隨便說說……」

「才不隨便。我身為老爸，是為了那傢伙好才說的！」

「既然這樣，請你再多考慮一下她的未來啊！」

「……你說什麼？」

「……怎樣啦？」

我們雙方都氣得怒視對方。

建先生的臉非常可怕，可是我也不能在這種時候退縮。

「你對我的女兒有什麼不滿嗎！沒有吧！因為她是那麼可愛嘛！」

「當然很可愛啊！就是因為可愛，我才會這麼傷腦筋啊！」

「傷腦筋很怪吧！你就直接接受她啊！」

「晶是家人！事情沒有這麼簡單啦！」

「是繼妹不是嗎！既然你是年輕人，就要不顧一切往前衝！」

我們一邊喘氣，一邊瞪著對方。

完全是一觸即發——這時候有個像天使一樣的可愛銀髮女店員走來。

「客人，還有其他客人在場，請小聲一點。要是兩位太吵，要處罰喲。」
她邊說邊用食指在下巴處比了個「叉叉」手勢。
我和建先生因為可愛店員的可愛舉止，不禁害羞地閉上嘴。
「我們先冷靜下來吧……？」
「也對……店員小姐，抱歉，給你們添麻煩了……」
像天使一樣的銀髮店員露出天使般的笑容，對我們點頭致意後回到餐廳後場。
天使離去後，只剩下兩個粗魯的男人。
去洗手間的晶還沒回來，實在有夠尷尬。就算這樣，還是得說些什麼吧……
「那個……我聽說晶的名字是怎麼來了。也去過她和你的回憶之地。雖然出了點意外，不過星星真的很漂亮，那裡是個好地方……」
「……這樣啊。」
「那是一段很美好的回憶。我明白你為什麼會替晶取這個名字——」
——另外，也隱約明白自己為什麼無法討厭建先生了……
「但我也在想，是不是應該取個更女性化的名字。比如晶子……」
「你這句話絕對是隨口說說的吧？」

「不，那是我常去的酒館店名。」
說著說著，總覺得很滑稽，兩人一起笑了出來。氣氛稍微沒那麼緊繃了。
「剛才是我說得太過分了，很抱歉……」
「不，我也太幼稚了，抱歉……」
「可以問一件事嗎？以前就很好奇了……」
「什麼事？」
「為什麼你不惜捨棄晶，也要走演員這條路呢？」
我的問題讓建先生為難地抓了抓頭。
「……我在二十幾歲的時候，有一段美好的回憶。只是忘不了當時那種滋味。」
「什麼美好的回憶？」
於是他像個壞人一樣笑了。
「就是三種東西──酒、錢、女人。」
──搞什麼啦，到頭來還是這個喔……
算了，他都在晶面前裝成一個好父親了，我也無意責備他的過去。只是──
「──真的只是因為這個理由，就一路持續走到現在嗎？你就這樣丟下家人……」
這時建先生開口：

「……真的就是這樣。總之我是個不及格的老爸啦。」

如此說道的他瞬間露出落寞的神情。

感覺不只這些原因，但他大概不希望我繼續追問吧。

「別看我這樣，我演V片的時候有被提拔演過主角喔。」

「請問V片是什麼？」

「就是錄影帶的片子——不過不是在電影院放映的那種，是針對出租店拍的電影。你聽過VHS嗎？」

「沒有……」

「也是啦，現在主流是DVD或藍光嘛，不過在這之前，一般家庭普及的是名為VHS的錄影帶。然後V片就在當時流行過一段時間。我念書的時候常看那個，覺得很憧憬——當時很想成為『V片帝王』。」

建先生緬懷那段美好時期後，卻又像咬到黃連一樣，一臉苦澀。

「我在大學畢業後，一邊接為數不多的連續劇和舞台劇的通告，一邊想著總有一天要開創自己的時代——後來在片場混熟的導演，要我代替推掉這個通告的演員，我就這樣拿到主角了。」

「對你來說，那次就是一個機會吧？」

建先生搖搖頭說聲：「不是。」

「我打從一開始就沒有什麼機會。」

「可是你剛才說，接到主角……」

「V片就像鐵達尼號……打從一開始就是夕陽產業。我當時不知道這回事，覺得這艘船很大，一定很安全，就這麼坐上去。結果撞上蕭條這座冰山，就跟著船沉了……」

「你來不及脫身啊……」

「是啊……後來就成了這副德性。我一直浮不出水面，就這樣年過四十，現在就算想浮出水面，身體也動不了了──」

建先生說到這裡，死心似的大大嘆了口氣。

「──真嶋，你說得對。機會不是說有就有。有些人連機會都看不到，在這樣的情況下那傢伙卻已經有一艘大船等著她去搭。而且那還是一艘很難沉的船。沒道理不上去吧……」

「那麼──」

「只不過啊，最後決定要不要上船的人還是她。如果你想在後面推那傢伙一把，那你也要做好覺悟。」

「做好……什麼覺悟……？」

「這是二選一。如果你想讓那傢伙抓住機會──」

建先生吐出一口氣，然後認真地看著我。

「——就要堅定地勸晶對你死心。」

當下，我的心臟彷彿被人掐住。

「唔……！這——」

「我知道。剛才說的是極端的選擇。就像我選擇演員人生，而不是家人，我只給了自己兩個選項，可是其實說不定還能去尋找第三條路。」

「既然這樣，就找別條路——」

「可是啊，你其實也很清楚吧？」

「什麼事……？」

「把晶留在陸地上的人，就是你。」

「我——」

——晶昨天拒絕挖角的理由也是如此。

她的選擇總是有我。事已至此，我已經不能再假裝置身事外了。

「那傢伙害怕前往另一個世界。覺得一旦出海，可能再也回不到你身邊。」

其實我也很害怕。

害怕晶一旦出海，發現自己新的居所後，可能就不會再回來了。

就算回來了，那時候的她，或許也和以前的她不一樣了。

可能再也不會叫我老哥。

我們好不容易拉近的距離——但我這時候才察覺，我有這種想法就是在束縛她，把她留在陸地上是一種過度保護。

「但不管怎麼說……我能做的事，也只有在一旁默默守護她做出的選擇了。」

「所以建先生不贊成也不反對晶進入演藝圈啊……？」

「是啊。她可以繼續安穩地待在陸地上，也可以毅然決然上船出海。如果需要，我身為老爸會給予幫助。前提是她希望。」

「如果可以，我也想站在你那個位子……」

「我不是說過你太寵她了嗎？所以她才會變得沒有你就活不下去。我是說過環境很重要，可是對她來說，你這個溫室可能太舒適了……」

無法反駁。

我覺得建先生是在告訴我，這次的事情不能推給別人解決。

這段時間一直照顧晶，極盡所能寵愛她，讓她無法離開我。但現在又希望她不要糟蹋這次的機會，這或許是我自以為是的想法吧。

晶愈是被我這樣操弄，受的傷就會愈深……

「你喜歡晶嗎？——我以前也問過你吧？」

「你是問過，但我還是覺得她是家人……」

「啊——！你這個人明明這麼替晶著想，卻還是老樣子講不通耶！」

建先生舉起雙手，彷彿訴說他已經沒轍。

「你只要『嗯』一聲，一切就解決了啊……」

「抱歉，我就是講不通……」

「好，我還是帶你去有大姊姊的店裡坐坐吧！」

「啥！為什麼結論會變成這樣！」

我漲紅臉拒絕後，建先生隨著一聲「對了」整張臉瞬間亮了起來。

「如果你討厭坐檯的，我可以介紹寫真偶像給你喔。」

「咦……？寫真……？」

「我之前拍的戲殺青了。晶有跟你提過嗎？」

「哦，有線電視的那個？我是有聽說……」

只見建先生嘴角上揚。他的臉怎麼會這麼壞啊……

「然後有個合作的新人叫『山城美月』，她是女主角，我在中場休息的時候跟她說了那件事。說你在山裡差點遇難，還拚死救了我的女兒。」

「你幹嘛隨便——」

「結果啊，人家說你很帥耶。」

「咦……？寫真偶像說我帥……？」

「她十七歲，跟你一樣吧？家也住在這一帶。」

「是、是喔～……」

一想到寫真女星就住在附近，倒是讓人有點在意……

「我記得她的胸圍是92E。」

「呃……！這、這跟大小無關啦！」

「可是有句話是這麼說的啊。『E罩杯是宜罩杯』。」

「我、我沒聽過啦！」

說到這裡，建先生突然一臉認真地伸出食指。

「那我問你——說到十四世紀，義大利的喬凡尼·薄伽丘的代表作是？」

「呃～《十日談（註：Decameron音同日文的「巨大哈密瓜」，意指大胸部）》……呃，別鬧了啦——！」

雖然沒看過，但《十日談》一定不是這種作品……他到底想把什麼東西連在一起啊……

「好啦好啦。不要這麼生氣嘛——下次我會和劇組一起吃飯，這個女生也會去。怎樣？要不要以親屬的身分跟我一起去？」

「不、不了～我沒有……」

「只是去吃頓飯。別客氣——」

「我沒有客氣，而是對這種事～——」

「——也讓我一起加入討論可以嗎？」

「呃……」

「晶……」

每次都這樣，時機太糟了……

「爸爸，以前有警告過你吧？我要你不要教老哥學壞！」

「噫！我、我沒有教什麼壞事～……」

「不要找藉口！」

「好、好的……」

正當我覺得大快人心時，接著輪到我被瞪了。

「好了，所以老哥喜歡巨大哈密瓜嗎？我想起來了，跟我相比，你的確比較常偷看媽媽，因為媽媽是巨大哈密瓜？你是在評估採收時機？是嗎？」

「不是！我沒看！是建先生突然亂說話——」

「晶，放心吧！妳總有一天也會像美由貴一樣，變成大咪咪——」

「老哥和爸爸是笨蛋笨蛋笨蛋笨蛋——！」

後來銀髮天使沒有降臨，我和建先生花了好一段時間，才成功安撫被惹怒的晶。

我現在知道，我們三個人之中，生起氣來最恐怖的人就是晶了。隨後我們決定回家。

話說回來，「新人」、「寫真女星」、「山城美月」、「巨大哈密瓜」啊……

晚一點搜尋看看——

「……老哥，你現在在想什麼？」

「沒有，什麼都……」

——還是算了。

12 DECEMBER

12月4日（六）

好久沒見到爸爸了！

我跟他商量被星探挖角的事，他感覺上是按照我的意願就好。

我是想拒絕，可是聽了爸爸的話感覺更恐怖了……

聽到富士製作A是那麼大的公司，好可怕……

萬一出事，責任都在我自己身上，那讓我覺得自己果然沒辦法。

另外爸爸是不是又稍微瘦了啊？他最近拍戲才剛結束，算是告一個段落了。不過他也不年輕了，不希望他勉強自己……

我知道爸爸為了當時的約定，很努力想要實現諾言，但我還是很擔心他的身體……

然後我明明在擔心這些……居然說什麼巨大哈密瓜？

爸爸又想帶老哥去奇怪的店，還想把寫真女星介紹給他，這樣真的很欠揍！而且也對我很失禮！

我很介意，所以搜尋了「山城美月」這個人……

嗯，的確是巨大哈密瓜。乳溝有顆痣，看起來也很性感。

而且她很美，很成熟。那樣居然比我大一歲，也太成熟了吧！

老哥，你應該沒有搜尋吧……？

嗯～……

可是挖角的事到底該怎麼辦啊……

第4話「其實我找繼妹商量她的好朋友……」

Jitsuha imouto deshita.

和建先生見面當天的傍晚，我們如自己所說的，把挖角一事告訴雙親了。

我們跟平常一樣吃晚飯，然後四個人一起喝餐後茶，同時商量此事——

「好了，晶，妳想跟我們商量什麼事？」

「好難得喔，妳居然找我們商量。」

「就是啊。我知道妳平常如果有事，都是找涼太商量……」

「我知道了，是要商量二年級選組吧？要選文組還是理組。妳上次有拿學校發的表格回來吧？」

「咦？我沒看到那張紙耶？」

「上面還說，第三學期要舉行三方面談。」

「對哦，涼太去年也有過。這次我們全家人一起去吧？」

「哎呀哎呀，這麼一來，老師會很困擾喔～」

——結果老爸他們只顧著自己聊，使得晶遲遲無法開口。

對於被富士製作A的新田小姐挖角一事，晶還是打算拒絕。因為她對自己沒信心，加上她無論如何就是討厭離開家人——離開我。

所以現在與其說是商量，更像是報備。

只是要姑且向雙親報告，說她拒絕了挖角，下次也會拒絕。但現在似乎跟輕鬆和建先生聊的時候，情況不太一樣。

另一方面，我的腦袋也還在混亂之中。

接下來晶會跟雙親說到挖角這件事，我是打算旁觀不插嘴，可是剛才建先生對我說的話卻在腦海揮之不去——

『——就要堅定地勸晶對你死心。』

如果我希望她抓住這次機會，能說服晶的材料，目前也只有這個。

話雖如此，我已經先要求晶，不要對雙親說她想待在我身邊。

至少要說想跟家人在一起，而不是我。

畢竟要是把我搬出來，情況難保不會變成真嶋家的啟示錄……

「那個……關於我未來要走的路！」

這時候，晶突然跳出來了。

好緊張。對晶面臨的問題這麼緊張，或許就是我過度保護的證據，即使如此，我依舊很緊張。

「晶，怎麼了？」

「妳有什麼想做的事嗎？」

晶筆直看著雙親，面露苦笑後總算——

「就是……我還沒辦法決定要選文組還是理組耶～……」

——結果是這件事喔……

「我覺得女生大多選文組，太一，你覺得呢？」

「這個嘛……其實也可以看成績選啦，不過最後還是要看晶未來想做什麼吧？」

「也對～——晶，妳上大學想做什麼呢？」

在結城學園說到未來的志願，幾乎只有升大學這一個選項。很少有人會選擇就職或就讀專科學校。所以選擇文組或理組——將會是一個很大的分歧點。

「我其實還沒想那麼多……」

「也是啦，高一就想好要做什麼反而比較稀奇……」

「那麼涼太，你為什麼會選文組呢？」

「啊，呃……我的情況——」

——我是文組升學班。我的文科比理科強（姑且不是因為討厭數理才這麼選），所以選了文組升學班。

而且之所以選升學班，是因為資優班是成績名列前茅的人的聖域，他們想考的都是很難考進的學校。我覺得憑自己的學力實在望塵莫及。

所以與其勉強自己念書，不如選擇說比較容易拿到推薦資格的升學班，應該會比較輕鬆吧？我承認有打這種如意算盤……——

「——我想活用自己擅長的科目，用推甄的方式上大學。大概是這樣。」

「那你沒有想在大學做的事嗎？未來想做的事也還沒決定？」

「對啊，沒什麼特別想做的……想說先上大學，在大學找自己想做的事……」

「這樣啊～原來還有這種思考方式啊～……」

美由貴阿姨把手指放在嘴邊，發出「嗯～」的聲音。

「對了，美由貴阿姨是專科學校畢業的嗎？」

「對啊。其中一個原因是我念書的時候成績不太好，不過我國中開始就有自己想做的事情。」

「去美容專科學校嗎？」

「其實啊～是新娘秘書。就是幫新娘換裝、梳妝。」

「咦？是喔？」

我完全沒想到。還以為她一直以彩妝師的身分在演藝圈工作。

「一開始是因為親戚姊姊結婚時，我在會場看到她們梳妝打扮的模樣。那個姊姊原本就很漂亮，梳妝後更像個公主一樣。我看到她愈變愈漂亮，就很崇拜這個工作。」

當我覺得這很有她的風格時，她又像個搞砸的孩子一樣尷尬地笑道：

「可是啊，我大概做兩年就辭職了。新秘的工作現場比想像的還要辛苦很多，總是做得不順利……」

「那後來為什麼還走上梳化這條路？」

「我跟碰巧來我們公司辦婚禮的女明星變成朋友，透過她的朋友介紹了一份工作給我。後來就開始負責幫參加連續劇和電視節目的藝人化妝，結果完全迷上這份工作——」

——美由貴阿姨直到最後都沒提到「結婚」、「離婚」等字眼，但以年齡來看，應該是在那樣忙碌的時期和建先生相遇了吧。

因為工作和建先生相遇，然後結婚生下晶，直到晶八歲才因為價值觀不同而分開。

後來她一個人養育晶，一邊在超市打工，一邊兼顧化妝工作，歷經眾多辛勞後，才走到今天。

美由貴阿姨從未在餐桌上提及那些辛苦談。

她談論的話題總是很開朗，身為人母、身為成人，她在孩子面前一直努力不表露出辛勞——她就是這樣堅強的人。

我聽著美由貴阿姨說的話，心裡想著這些事。

＊＊＊

美由貴阿姨說完這一路的心路歷程後，最後露出更勝以往的開心神情。

「我很喜歡現在的工作喔。可以跟有名的女明星聊天，如果有幫上她們的忙，那我也很高興。」

老爸聽了點頭如搗蒜，接著開口：

「妳現在是圈內有名的彩妝師啊。明明沒有所屬經紀公司，大家卻口耳相傳幫妳打廣告。妳的努力開花結果了。」

「不對，與其說是我努力，其實是多虧有晶。」

晶聽了不解地歪頭。

「我？我什麼都沒做啊。」

「對，妳從來沒有任性過。總是很支持媽咪工作，讓我可以投入在工作裡，所以我才會遇見太一，然後再婚，還遇見涼太。」

美由貴阿姨露出幸福的微笑。

隨後老爸也看著我說：「我也一樣啊。」

「那應該是在從澡堂回來的路上吧……你那時候不是不准我辭職嗎？後來你也沒有胡鬧任性，支持我做喜歡的工作。再婚也是舉雙手贊成不是嗎？」

——因為我聽說要當「哥哥」，以為會有弟弟，才會興高采烈答應，不過以結果來說，真的是太好了。我不是多了個弟弟或妹妹，而是和晶變成家人……

「所以啊，我和太一結婚時，有一個唯一的決定。」

老爸和美由貴阿姨兩人相視而笑，以回想的心情開口：

「如果涼太和晶想要任性，那就儘管任性吧。」

「你們以前有多乖，我們現在就會大肆接受你們任性。」

「不管發生什麼事，我們都會想辦法解決。我們會好好賺錢，讓你們沒有缺錢的後顧之憂。」

「身為父母，一定會接受你們這些年忍下來的任性。」

我和晶聽了都覺得內心酥癢，忍不住面面相覷。

老爸和美由貴阿姨只是笑著看我們的反應。

我現在的生活毫無匱乏，就算要我任性，我也會疑惑，覺得要是再要求更多，不會太奢侈嗎？我很高興也很感激，但不知道為什麼就是覺得心癢癢的。

——我想，如果要說些什麼，就只能趁現在了。

我「喏」了一聲，催促晶說出被挖角的事。

「我跟你們說，其實我想商量的事情，不是選組……」

老爸和美由貴阿姨聽了，都露出疑惑的神情。

「不然妳想商量什麼事？」

「不要客氣，說說看。」

晶吸了一口氣，然後開口：

「嗯……我想問，你們聽過富士製作A嗎？」

只見老爸和美由貴阿姨一臉困惑地面面相覷。

「當然聽過啊，我們公司現在負責的那部電影的主角，就是這間公司旗下的人啊……」

「雖然不是我專屬的客人，不過我有認識幾個女明星……」

「我昨天放學回家的時候，被他們公司挖角了……」

那一瞬間，老爸和美由貴阿姨都瞪大了眼睛，定格在原地。

當他們隨著時間逐漸理解晶在說什麼後，才一臉驚訝又疑惑。

「挖角是那種挖角……？」

「而且還是富士製作A……！」

「雖然我拒絕了……」

「「妳拒絕了！」」

兩人異口同聲表示驚訝。

「嗯……可是對方要我再跟父母商量一次，然後再決定……」

「那妳打算怎麼做……？」

「我還是想拒絕……」

「這、這是為什麼……？」

老爸和美由貴阿姨從剛才開始，臉色就一下子漲紅一下子發青，非常忙碌。

剛剛才說會「接受」但這樣的事態早已超出可接受的範圍了——不過既然和演藝圈工作息息相關的他們表現得這麼慌亂，代表富士製作A真的是一間很大的經紀公司吧。

「我很喜歡現在的生活。」

「現在的生活？」

美由貴阿姨歪頭問道。

「我有媽媽，有老爸，有老哥，在學校有陽向和戲劇社的成員，很喜歡現在這種開心的生活——」

維持現狀。

晶選擇了現在的生活。

我從她的話中聽得出來，她根本不必把我放在天秤上比較，對她來說是真的很喜歡現在的生活……真希望她一開始就是這麼跟新田小姐說的。

「——所以啊，我覺得現在這樣就好了……大概是這樣。」

晶慢慢說出自己的想法，老爸和美由貴阿姨也帶著藏也藏不住的複雜表情聽她說話。晶說完之後，他們有好一陣子都沒出聲，只是默默思考著。

老爸低聲說了一句「這樣啊」然後就沒再說什麼了。

美由貴阿姨也不發一語，靜靜地起身離開座位。

但她當時的表情看起來有一絲落寞，那讓我有點掛心。

＊　＊　＊

「呼咿～～……緊張死了～～……」

把挖角一事告訴老爸他們後，我和晶來到我的房間。

一走進房間，晶立刻鑽進開關還沒打開的暖桌，只探出一顆頭。

「媽媽他們一定嚇到了吧？」

「一定的吧。那麼大間的經紀公司找上自己的女兒了。而且妳還拒絕人家的挖角。當然嚇死了。」

「老哥，你對他們剛才的反應有什麼看法？」

我回想剛才老爸和美由貴阿姨的表情。

「嗯，看起來不像是反對，他們聽到妳拒絕的時候，表情很複雜。」

「我也這麼覺得。他們是不是覺得我答應比較好啊？」

「我是不知道美由貴阿姨有什麼想法啦，不過老爸可能覺得妳可以再多考慮一下吧。」

「這樣啊……」

接著我開口詢問一件好奇的事。

「妳自己的意見，真的就像剛才說的那樣嗎？想維持現狀……」

這是我和建先生聊過才知道的事。我覺得晶還是對演員這條路有興趣，只是還很迷惘。

而她剛才跟雙親說「現在這樣就好」時的表情，感覺參雜了一絲顧慮。她或許是不敢在美由貴阿姨面前說自己想踏上和建先生同樣的路，而且說不出她也還在猶豫吧。

「嗯……其實我在猶豫……」

「猶豫？」

「我想待在老哥身邊，這個想法是最重要的因素。要是我接受挖角，和老哥相處的時間就會變少，討厭的事就是討厭……可是啊——」

晶嘆了口氣。

「——如果撇開老哥來思考……」

「……說來聽聽。」

晶點了點頭，開始組織腦中的言語，然後說出口：

「媽媽他們雖然那麼說，我聽了媽媽的話之後，產生了一種想法。媽媽說她一開始是做新娘秘書……」

「對啊。她是說後來辭職，才會做現在這份工作嘛。」

「其實我很崇拜爸爸。也嚮往演員這份工作……」

「是喔～為什麼？」

「因為在戲劇裡，爸爸可以成為任何人。他可以是惡棍，可以是很可靠的人，也可以是有點遜的人……我覺得爸爸這些年也是這樣，一路享受演員的工作。」

關於這點，當我看了建先生借我的舞台劇ＤＶＤ，也有這種想法。

「我一開始是希望自己能像爸爸那樣，透過演戲克服自己怕生的毛病。可是我現在卻純粹覺得演戲很開心，真的開心得不得了。我覺得爸爸也是這種心情。」

晶一提到戲劇，眼裡就閃耀著光彩。想必是打從心底感到開心吧。

「而且啊，媽媽曾經朝著新娘秘書這條路前進，實際做過後發現不行，就選了別條路對吧？也就是說，我們都可以之後再選擇其他生活方式，對不對？」

經她這麼一說，我發現的確如此。

我們原本覺得選了演員這條路，一輩子就要當演員，但那其實只是建先生選擇的道路，我們可以有其他的選項。晶可以途中退出，變成圈外人。

「說得也是。我們常聽說要彌補理想和現實之間的落差很難，可是如果不實際做做看，就不會知道適不適合自己嘛。」

「所以我也覺得這是一個很難得的機會，只是……」

「只是什麼？」

「我還是很擔心自己行不行啊～……」

晶傷腦筋地苦笑道。

她想待在我身邊——可是憧憬演員這條路——不做做看就不會知道——可是對自己沒信心。這些想法一定不斷掠過她的腦海吧。

因為想做的事情跟做得到的事情不一樣……

「老哥呢？你贊成？還是反對？」

「我嗎？我啊……——」

一雙混雜迷惘和不安的圓圓大眼正盯著我看。

「——我也覺得妳再考慮一下比較好。」

「為什麼？」

「……就……感覺。」

晶一臉無法接受我的說詞，但我也一樣很迷惘。

今天跟建先生、老爸還有美由貴阿姨談過之後，我產生了很多想法。

建先生既沒有肯定，也沒有否定。老爸和美由貴阿姨看起來也有各自的想法，只是無法開口。

我認為自己應該再多思考、整理一下想法，最後才告訴晶。

「反正新田小姐說聖誕節再回覆她就好，就好好思考到那個時候吧？」

「嗯……那我再想一下……」

晶嘆了口氣後，看向手機的螢幕。她確認螢幕上的通知，然後又嘆了口氣。看來她今天沒心情玩社群遊戲了。

「先別管挖角這件事，其實我還有一件事很在意……」

「什麼事？」

「就是陽向。老哥，你真的沒問題嗎？」

因為遇上挖角，我的注意力完全被拉過去，不過陽向的狀況也確實令人在意。

「只是要一起去吃飯吧？不用擔心啦。」

「真的嗎？你覺得她為什麼會約你？」

「為什麼……因為想跟我去吃飯？」

「沒有那麼簡單啦……你覺得她邀你吃飯的目的就只是這樣？為什麼偏偏是邀老哥？你觀察陽向最近的模樣，沒有什麼想法嗎？」

——嗯……

因為晶這麼說，我思考了一下。

陽向最近的舉止確實很不自然。看起來很像要跟我保持距離，我一跟她說話，她就臉紅……不對，慢著。

這樣啊！是這麼一回事啊！

「晶，我知道了喔！」

「你知道了嗎？」

「沒錯，一清二楚喔——」

——暑假前，在晶來我們家之前，我整理了晶的房間。

當時上田兄妹也有來幫忙，我說會「請吃飯」卻忘得一乾二淨。暑假過後，第二學期開始，最後我是在九月中旬才請他們吃飯。

其實那段時間，陽向時不時會釋出訊息。

當我和光惺在一起，她會若無其事地過來刷存在感。不是特地來到二年級的教室，就是在樓梯間，過來秀她新買的髮圈。

按照陽向的個性，她說不出「請我吃飯」這種話，所以到頭來只能一直刷存在感，等待我想起這件事。

雖然最後我還是沒發現，是光惺理智線斷裂，我才知道真相……

換句話說，她那些舉動都是要我發現這件事的訊號。

所以這次也是——

「——陽向果然是希望我請她吃飯！」

「我不是說絕對不是嗎——！」

晶從暖桌裡跳出來大叫。

「老哥，你錯得快嚇死人了！我嚇到腿都快軟了！為什麼會想到那邊啊！還有很多可能性吧！你根本什麼都沒看見！」

「不不不不，只有這個可能啦！」

「還有別的啦，應該有！只要去找，就會有很多不一樣的可能！話說你為什麼這麼想把陽向變成貪吃鬼啊！」

——嗯，這麼說也對……

可是這麼一來，我就真的不懂了。

試著細想我和陽向之間的對話——啊，我知道了！

在花音祭前，晶和陽向有一天在我家較量做菜的手藝。我送她回家的路上，她說約我吃飯是為了商量光惺的事。

她想知道該怎麼做，光惺才會回到之前童星時代那麼溫柔的模樣。

我以為這件事在花音祭就解決了，畢竟上個月家族旅行兼社團合宿時我有和她聊天，並未看到她為了光惺煩惱的模樣……

難道光惺的事情還沒解決？

又或者在合宿之後，發生了別的問題？

「我還是想不通……我看這次一定又是跟光惺有關吧？」

「為什麼這次吃飯的重點不會是跟你有關？」

「那當然是因為……」

「因為什麼？」

「不知道。」

「這個人沒救了……」

我是不知道啦，但既然她邀請，我也只能赴約。

總之以我的立場來說，雖然只請吃飯很抱歉，我強烈地覺得必須謝謝陽向這段時間這麼照顧我。

「以現在的老哥來說，我還是很擔心耶～……」

晶皺起眉頭煩惱。

「反正如果老哥要跟陽向說話，最好還是學學什麼叫女人心！你必須提升自己的戀愛偏差值！」

然後現在又豎起食指，口吻就像在斥責小孩子一樣。

「什麼戀愛偏差值……為什麼要提升？」

「只要提升數值，懂得女人心，就能在**變成萬人迷之前事先迴避**吧？」

哦，原～來如此……——
「……不對，反了吧！正常人不是都為了變成萬人迷，才提升戀愛偏差值嗎！用來迴避幹嘛啦！」
「因為老哥的情況相反！明明很遲鈍卻會撩人，喜歡你的女生會在不知不覺間大量產生耶！要是連陽向都為你心動，要怎麼負責啊！」
「怎麼可能啦！唯有這件事我可以肯定，雖然很悲哀，但可以清楚告訴妳，我根本沒人愛！更別提讓人心動！」
「那我呢！我太喜歡你，已經心動到不行了耶！無論是在學校，還是在家，我的腦子裡全都是你耶！你要負責！」
………………
「這個～……該怎麼說？抱歉，然後謝謝妳……」
不知道這算賠罪還是道謝，反正我只能低頭。
不過這種心情是什麼啊？明明被罵（？）卻為之心動……
「我知道妳想說什麼了，可是我只會以朋友的身分跟她說話啦……」
「如果她跟你挑明戀愛的煩惱，你要怎麼辦……？」
「這、這個……我也只能仔細聽她訴苦了……——」

——開始沒信心了……我根本沒辦法幫人解決戀愛煩惱啊。

晶看到我沒信心地低頭，大大嘆了口氣。

「算了，如果是陽向應該是沒問題啦……就我而言，比較介意月森學姊……要是老哥直誇是美女的人對老哥心動不已，那該怎麼辦啊！」

「我說過了，這妳也可以放心啦……感覺月森沒有那方面的心思啊，而且我也沒有直誇她。」

「真的假的……？」

「真的啦——先不管這個，所以妳同意我和陽向單獨出去啊？」

她之前說過吃個飯無妨，現在又如何呢？

「如果陽向有煩惱，那我想幫她。」

即使晶清楚地表達她的想法，卻還是一臉煩惱。

「上田學長跟平常一樣，對人不聞不問，陽向也不會把她的想法告訴我……可是只要看著她，就覺得她應該是有話只想告訴你一個人。」

「有話想告訴我？什麼話？」

「要是知道就不用苦惱了啊～……」

「好吧，可能只能像光惺說的直接去問她了。我會想辦法。」

「老哥，真的靠你了喔。陽向就拜託了喔。」

「我知道啦──」

──話雖如此，問題還是堆積如山。

首先是晶被挖角一事、她二年級選組的方向，還有陽向。

至於我則是這次期末考，必須和光惺一起想辦法解決數學。

關於這件事，還會牽扯到光惺和星野的問題。然後月森……感覺沒什麼問題，可是晶又很在意──要在聖誕節前解決的事實在太多了。

如果要和晶開心迎接聖誕節，就要先解決這些問題。

該先著手處理哪件事呢──算了，船到橋頭自然直啦。反正離聖誕節還有二十一天，還有三個星期……──不行，這艘船到了橋頭，真的有辦法打直嗎……？

開始覺得現狀已經不容自己繼續悠哉了……

12 DECEMBER

12月4日（六）

回家之後，我說出自己被挖角的事。

媽媽和老爸都嚇到了，不過媽媽的反應倒是跟我想的一樣。

一定是因為她會想起爸爸，所以我可以理解她反對，但還是希望她對我說些什麼……

至於我，聽了媽媽的心路歷程後，想法有點改變了。

我也跟老哥說過，我很崇拜爸爸，所以有想要試試看的想法。可是我還是對自己沒信心，而且還有很多事情必須考慮……

老哥對於我被挖角，好像也還沒整理好想法。不過我想先聽過老哥的想法，然後再做決定。

我也很介意陽向的煩惱……老哥那麼遲鈍，沒問題吧……？

我的確很想幫助陽向，可是對我來說，還是擔心老哥會不會讓陽向怦然心動……

不過陽向應該沒問題啦。

如果事情跟我想的一樣，陽向應該是……

不對，陽向是重要的朋友。

所以如果她有煩惱，我想幫她！

這次的事情好像只有老哥可以解決，也只能拜託老哥了。

所以我決定相信老哥和陽向！

老哥好像也會為了我和陽向努力！

可是可是，不管月森學姊，真的不會出事嗎……？

我應該只需要擔心老哥會不會讓月森學姊怦然心動吧……

老哥，算我求你了，提升一下戀愛偏差值吧……

這是為了避免我以外的人迷上你！

第5話「其實我要跟同班同學開讀書會了……」

Jitsuha imouto deshita.

無論如何，不展開行動，事情都不會有進展。

週末過去後，今天是十二月六日，星期一。

從今天放學後開始，我、光惺、星野和月森說好四個人一起開讀書會。

考慮到這樣的組合，想必會很費心。

我身為提出企畫的人，其實很想放著不管，直接閃人。但情況實在不允許我這麼做，所以我們合併了四張桌子，開始讀書會。

這場讀書會可以分成兩大目的。

第一，解救我、光惺和星野的數學……我們是真的很不妙。

再來就是讓星野和光惺之間感情升溫，為追求他鋪路。

第二項完全是我自己雞婆。可是既然順勢發展成這樣，我也想多少成為星野的助力。

我想光惺的心一定不會向著她，可是希望她至少能往下一個階段前進。所以在她告白之前，我會默默地幫忙。

順帶一提，讀書會按照上下半場分成兩科目，今天上半場念英文，下半場才是我們（月森除外）苦惱的數學。

「涼太，這一題啊——」

「哦，這個啊～——」

「——這樣啊，我懂了。謝啦。」

「喔。」

想當然耳，光惺只會問我，看都不看星野和月森一眼。

另一方面，月森也是自己念自己的，流暢地書寫自己的筆記本。

這時候我才知道，原來月森是左撇子。

她會用右手拿橡皮擦，兩隻手運用自如。想用橡皮擦的時候，不必放下手上的筆，或許也能因此節省時間。

寫的字也很工整漂亮。

國中時，國文老師說漢字、平假名、片假名都設計成適合右撇子寫。可是看月森的筆記本，就會不禁懷疑我這個右撇子寫得這麼醜，又該做何解釋？

當我沒來由看著月森的手，她突然抬頭了。

「幹嘛？」

「啊，沒有。只是在想，原來妳是左撇子……」

「日本大概十人中，會有一個人是左撇子。應該沒這麼稀奇吧？」

月森冷冷地說完，視線再度落在筆記本上。

她把側邊頭髮撥到耳後，以比剛才更快的速度動筆，感覺就像想快速解出眼前的問題。

──我果然不知道怎麼跟她相處……

就是這樣，如果星野問月森問題，她是會回答，但從頭到尾都不怎麼關注我們。

至於星野，從剛才開始就好像想說些什麼，一直偷看我，根本沒在念書。

該怎麼說呢？感覺注意力都放在其他地方，根本是一場無法專心的讀書會。

「涼太，這題呢？」

「嗯？哦，抱歉，這個我也不會──對了，星野同學？」

「咦！啊，是！」

「光惺說他不會這題。抱歉，妳可以教他嗎？」

「啊，嗯！我知道了！」

星野的表情變得比較開朗了。

雖然笑得有點緊張，她還是把身子探出課桌，努力想教光惺。看她那樣總覺得很欣慰。

至於光惺畢竟是求助於人，並未一臉厭惡地面對星野。

「——這樣啊。謝了。」

「嗯！欸嘿嘿嘿～」

看到星野開心的模樣，我以不同的含意在心中握拳叫好。

如果是以前的我絕對會沉默不語，避免打擾到他們。但我們能像這樣合作，對我來說或許也是個很大的變化。

——好，就照這個樣子，不斷做球給星野吧～！

「涼太，這題呢？」

「這個你問星野同學看看。」

星野又一臉開心了。好啊！

「涼太，這個我完全看不懂，什麼意思啊？」

「這個你也問星野同學……」

……嗯？奇怪？

「這題我不懂。」

「你問星野同學啦。」

總覺得這樣……

「涼太，你從剛才開始就一直丟給星野耶。」

「啊……嗯。抱歉……」

——果然還是跟平常的他一樣……

我這樣與其說是在幫星野，根本是把問題丟給她。

再這樣下去，我會變得跟光惺一樣，只是個把問題丟出去擺爛的臭男人。

反正星野看起來很開心，其實我也可以照舊啦，不過陽向也是這種感覺嗎？

「那接下來我來教你吧。」

「咦咦！」

星野開始慌亂了。

「可、可是我應該也懂，我可以教上田同學，所以……！」

——我完全搞砸了~……

明明完全沒有那個意思，但因為滿心想著不想變成這個擺爛男，結果過分出頭了嗎？

「其實我也很微妙，你還是請教星野同學吧……」

結論——

讀書會要費心顧慮太多事了，根本沒辦法專心讀書……

＊＊＊

上半場的英文結束後，我們在下半場的數學開始前，決定安插一段休息時間。

「我去買個喝的。」

光惺拿著錢包起身。

「啊，上田同學，等我一下！我也要去～！」

星野追著光惺的背影，跟他一起離開了。

那幅場景就像少女漫畫的橋段，俊男配上美女，果然如詩如畫。但我也不能把話說得這麼悠哉吧。

反正，希望他們之間的距離能拉近，好讓星野更容易告白。

當我這麼想——

「……戀愛腦。」

聽到一聲低喃從旁傳來。

這道帶點不耐煩的美麗嗓音，果然是出自月森的嘴。不過……戀愛腦？

「真嶋同學，你也真辛苦。」

「呃，妳是指什麼……？」

「你該不會是主動接下麻煩的那種人吧？」

月森嘆了一口「你明知故問」的氣。

我就像被迫收到一個言語組成的拼圖，花了點時間解讀。不過簡單來說，就是那樣吧。

她是指光惺和星野吧。

「這個……我也不知道。我妹是有說過，我這個人優柔寡斷、八面玲瓏啦……」

「這樣啊。」

就算我面露苦笑，月森的表情還是聞風不動，接著再度只是覺得無趣地嘆了口氣。

「月森同學，妳都知道嗎？星野同學對光惺的想法。」

「我知道，也知道他們之間沒戲唱。」

「可是妳卻願意幫她啊？還陪她參加這種讀書會……」

「真嶋同學不也一樣嗎？」

「是啦……我是希望她能加油……」

「為什麼？」

月森以不解的神情看著我。

……不過她說得對，現在想想，我為什麼要這樣做？

「嗯～……」

「你自己都不知道嗎？」

「應該是想替她加油吧……星野同學是真的喜歡光惺，也很努力。我常看到她努力的模樣，沒辦法放著不管……」

「……你果然很怪。」

如果支持努力的人很奇怪，那運動項目的應援團，不就是怪人集團嗎……？

「你根本不必替別人出這麼多力吧？」

「我做的事，沒有到出力的程度啦……」

「千夏不是你的朋友，你們之間也沒什麼關係吧？」

「嗯，是這樣沒錯……她也沒有拜託我……」

她的語氣其實不算太尖銳，可是被這樣面無表情地詢問，倒是讓我開始覺得自己果然是個怪人。

「可是我的妹妹常說『皆大歡喜才是王道』。所以我也想讓星野同學有個皆大歡喜的結局……只是這樣而已。」

「就算她和你沒關係？」

「沒錯。」

「這樣啊……」

不知道月森認同了哪一點，她接著看向教室某個角落。

那裡是她第一學期坐的座位。或許只是碰巧面向那個方向，但她就這麼不發一語地看著那邊。

——實在搞不懂這個人……

雖然以對方的角度來看，我可能也很難懂。因為剛才那段對話，或許我已經拿到怪人認證了。

算了，反正這次讀書會也不是為了增進我們之間的情誼，被當成怪人是也無所謂。

只不過，有件事讓我有點在意。

「月森同學，妳為什麼願意參加讀書會呢？」

「因為千夏和你們都說不會數學，要我教你們。」

「是這樣沒錯啦，但真的只因為這樣？」

「……如果你是指千夏，我並沒有站在她那邊幫忙的意思。」

她看穿我提問的用意了。

不對，面對月森，或許我應該問得直接一點。

「對妳來說，妳會希望光惺和星野同學順利嗎？」

「我覺得很難。因為光惺同學沒那個意思。」

「不是，我問的不是可能性，而是妳的希望。」

只見月森伸出細細的手指抵在自己的下巴，做出思考的動作——

「我不知道。」

接著給了一個極為乾脆的回答。

「這、這樣啊……」

感覺有點可惜。

如果她是星野的朋友，本來希望她給我正面的回答，但畢竟人心無法勉強。追根究柢，月森壓根兒覺得這件事與她無關吧。

「但我覺得，擁有想說出心裡話的想法，是一件很重要的事。」

我忍不住「咦？」了一聲，但她的表情依舊沒有變化，繼續往下說：

「真嶋同學，你聽過『阿雷西博訊息』嗎？」

「阿雷西博……？不，我沒聽過耶……」

「那是指一九七四年十一月，從波多黎各的阿雷西博天文台對宇宙發送的訊息。」

月森的記憶力真好，輕輕鬆鬆就說出來了——不過我好歹也算是歷史迷。雖然世界史可能很難，但如果是日本史，我也有辦法輕鬆背出年表。

我無意與月森對爭，畢竟是沒聽過的故事，覺得很好奇。

「為什麼要對宇宙發送訊息？要給誰嗎？」

「對地球外的智慧生命體。也就是外星人。」

哦，聽起來頗耐人尋味。

不過光憑月森那平淡的口吻，實在不知道她之所以說這件事，是否因為她自己有興趣。她的口氣聽起來就像歷史頻道的旁白一樣，只是唸出一件事實。

「感覺好科幻喔──那訊息的內容是什麼？『我們是地球人』之類的？」

我捏著喉嚨，明明是地球人卻裝出外星人的聲音。可是月森的表情依舊沒變……算了，早就知道了。

「雖不中，亦不遠矣吧。」

「啊，所以很接近正確答案了？」

「發送出去的訊息是由『0』和『1』組成的二進位數字。」

「那我根本猜錯了吧……？」

我極度失望，月森卻搖了搖頭。

「不，如果解讀那段訊息，就會得出數字、太陽系圖、地球的位置、人類的模樣，還有DNA構造等等。因此以介紹地球人的觀點來看，你並沒有說錯。」

「哦～光用『0』和『1』就能傳送那麼複雜的訊息啊？」

我滿心佩服地說著，月森卻說這其實很常見。

「以我們身邊的東西來說，就是電腦。把開和關置換成『1』和『0』，用以表示電氣訊號。」

我都不知道。原來二進位能這麼運用，而且那麼複雜的機械，竟是靠單純的兩個數字在運作。

不對，如果有很多個「0」和「1」就會變得很複雜吧……？

「……我說的話不無趣嗎？」

「不會啊，很耐人尋味。再多說一點。」

「你果然很怪。」

按照這個邏輯，等於說這種話的人也承認自己是個怪人吧……

「那就繼續說阿雷西博訊息吧。訊息總共有一千六百七十九個數位訊號，是由二十三和七十三這兩個質數組成——換句話說，只要有理解質數的智慧，就有辦法解讀這個訊息。」

……原來如此。

「那我就不是智慧生命體了……因為就算發給我也解不出來……」

「如果是你，說不定根本不會發現人家有傳訊息過來。因為你很遲鈍。」

「好過分！」

這時候，月森那雙細長的眼眸，有了一絲弧度——她輕輕地笑了。

當下，我忍不住發出「啊……」的一聲。
第一次看到月森笑了。
那是一抹不明顯、柔和，而且沉靜的笑容。
這麼想可能是多管閒事，不過我不禁覺得，要是她平時也能這樣就好了。
但她很快就像什麼都沒發生過一樣，變回原本的表情。
本來還想多看幾眼她的笑容的……
「所以我認為，這麼做可能是白費工夫，可是持續傳送訊息說出『我在這裡』，或許有它的意義。」
「妳說的這個，感覺跟戀愛腦很像耶。」
「或許吧。很像戀愛腦。」
我沒想到理工人說話會這麼浪漫。好像開始對理科有點興趣了。
而且也隱約明白，為什麼月森會擅長數理了。
她一定是純粹喜歡這種事吧。
「那外星人有收到訊息嗎？有什麼回音嗎？」
「有喔。」
「什麼！」

我是抱著開玩笑的心情問的，結果她卻一臉認真地回答。

「二〇〇一年，英國的天文台附近，出現了神祕麥田圈。」

「真的有外星人啊……？」

「不，好像是某個人開的玩笑。」

「什麼嘛……」

我失望地笑了笑，月森也再度輕笑——

「……說不定真的不是白費工夫。」

然後低聲這麼說。

「呃……妳在說哪件事？」

「和本以為無法溝通的對象成功交流了。」

「咦？妳是說誰？」

「…………千夏和上田同學。」

這時候光惺他們正好回來了，所以我們繼續進行讀書會。

下半場是數學。大概是因為我在休息時間和月森聊過，問問題的時候沒那麼難開口了。

月森還是一樣，語氣平淡冷漠，但我已經不會害怕。

雖然人有點怪怪的，不過她還是會笑。

一開始以為她是個難以親近、交談的人，但看樣子，是我打從一開始就誤會她是個不會理解我在說什麼的人。

我反省過了。

結果現在反而開始對月森感興趣了。

此時讀書會的時間正好結束，我打算從明天開始主動發送訊息，和月森交流。

＊＊＊

讀書會結束後，我先在教室和光惺分開，然後前往戲劇社的社辦。

我想去接晶，順便親眼看看陽向的狀況。

——擁有想說出心裡話的想法，是一件很重要的事，是嗎……

在前往社辦的走廊上，突然想起這句話。

剛才月森說的那件事，仔細想想，這句話很不可思議。

擁有想說出心裡話的想法——意思是，不必一定要說出來。

世上總有別人無法理解的事。所以我們可以選擇不說。

可是如果有那個意願，會不會付諸行動就取決於自己的想法了。

說不定月森也遇過想說，但是說不出口的事吧。也許現在也面對著這樣的狀況——當我想到這裡，便停下腳步。

——你不會發現，因為你很遲鈍……？

這句話我已經聽晶和老爸說過好幾次了。

可是我跟月森又沒那麼熟，她怎麼會說我「遲鈍」？

而且不是「感覺很遲鈍」，是已知我「很遲鈍」……

我在知曉理由前抵達社辦，將手放到門把上。

隨後，順手打開社辦的門——

「「「啊……」」」

——裡頭的人同時把視線集中在我身上，我卻懷疑自己看錯了。

「咦……？」

不知道為什麼，女生們都只穿著內衣。

當然了，我知道這種時候該怎麼做……

「……抱歉！」

我道歉之後，馬上把門關起來。裡頭隨即傳出女生們「呀」、「哇」的尖叫聲，但我看了看，這裡確實不是女子更衣間，而是戲劇社的社辦……闖禍了。

裡頭有晶、西山、伊藤，還有陽向……

高村、早坂與南倒是穿著制服──不對不對，現在不是冷靜回想的時候！

──幾分鐘後。

「你看～……到了～……吧～……──」

聖誕節沒交到男朋友，因此憎恨全世界的已故戲劇社社長惡靈──不對，是像惡靈一樣的西山，直逼到我面前。

「看到了，對不起……」

「討厭～！為什麼學長每次都這麼不會選時機啊！」

「不是啊，因為門沒鎖，也沒掛著平常會掛的『更衣中』牌子啊……」

戲劇社都是女孩子，我們料到可能會發生這種事，所以平常要在社辦換舞台裝的時候，按照慣例都會掛著「更衣中」的牌子，也會上鎖……順帶一提，那個牌子是我做的。

可是不知道為什麼，偏偏今天兩樣都沒做，我就跟平常一樣開門。

……然後就看到了。

「你全都看到了吧！」

「就……一瞬間……」

但那一瞬間的光景，也已經深深烙印在腦海裡。

「好啦……和紗，剛才是我們不好喔。」

「是這樣沒錯，是這樣沒錯，可是～～！嗚嗚～～！」

伊藤介入我們之間，居中協調。太感謝了……

「學長已經是大人了，他對我們穿內衣的模樣才不感興趣——對吧，真嶋學長？」

如此說道的伊藤輪流看著我和晶。

她的意思是，如果是晶穿內衣的模樣，我就有興趣嗎……？

嗯……她好像誤會什麼了。

「今、今天只是剛好啦！」

「……什麼剛好？」

「我今天穿得比較幼稚，可是平常都是成熟的款式！」

她到底想澄清什麼啊……

不過這時候我才知道，原來世上有分可以見人的內衣，和見不得人的內衣……今天西山穿的似乎是後者。

「嗚嗚……話說回來，為什麼老是被真嶋學長……」

「沒辦法啊，這就是真嶋學長的宿命……」

「伊藤學妹，這妳就錯了喔！」

我忍不住吐槽，可是被忽視了。

「天音，這才不是沒辦法！我都還沒給男朋友看過耶！」

「……和紗，妳根本沒交過男朋友吧？」

「天音！妳這麼說，那就不用玩了啊！」

——真是的……

我以尷尬的心情看向晶和陽向。

晶那傻眼的臉上寫著「老哥就是會搞這種飛機」陽向則是滿臉通紅。

不過她看起來並沒有討厭我。

我們之後還要一起出去，我想避免被陽向討厭。而現在似乎沒有這個問題便放心了。

＊＊＊

當天回家的路上，我、晶、陽向三個人，再加上光惺，我們久違四個人一起走。

我們和早上一樣，原本是四個人走在一起，後來漸漸分成我和光惺走，晶和陽向走，而且兩組人馬逐漸拉開距離。

「光惺，我現在才發現，你這個星期不用打工嗎？」

「只有週末。因為要考試了，我沒排那麼多班。」

一問之下才知道，他怕想瘋狂排班的寒假要是必須輔導，那會更痛苦，所以才要想辦法通過期末考。

「別說我了，聽說你要和陽向出去是吧？」

他突然挑起這個話題，害我的心臟漏了一拍。

本來就打算姑且告知光惺，沒想到他已經搶先知道了。

原來他們在家會聊這種話題啊——我抱著這個想法，偷偷觀察光惺的臉色，但他還是那張臭臉，根本不知道在想什麼。

「陽向邀你出去約會，你有什麼想法？」

「那才不是約會……我們只是要一起出去吃飯！」

「用什麼說法都沒差啦。」

「不過我們最近相處有點尷尬，這或許是個好機會吧。其實也不是說要和好，但我希望能和她恢復原本相處的模樣。」

「恢復原樣啊……」

光惺撩起他的金髮，感覺是一副不是滋味的表情。

「……矮冬瓜呢？她知道這件事嗎？」

「知道啊。她還拜託我，希望我想辦法幫陽向。」

光惺興趣缺缺地回了一句：「是喔。」然後就不講話了。

＊＊＊

「——所以呢？就老哥的眼光來看，誰的內衣最可愛？」

我們在路途中和上田兄妹分開走之後，晶馬上帶著一絲怒氣這麼詢問。

「哪能比這個啊！再說我只瞄到一眼而已！」

我急忙回嘴，晶卻無奈地嘆氣。

「可是剛才要是我不在，真不知道你會變成什麼樣子……」

「嗯？妳這句話是什麼意思？」

「就是兄妹常有的事。我跟她們說，你平常看我的看習慣了，所以對女生穿內衣的模樣沒興趣。」

真是個機靈的妹妹啊……——

「——不對啊，喂！哪有妳這樣幫人講話的啊！我不知道那是不是兄妹常有的事，可是對剛來的繼妹這樣是出局！」

「假的假的，我開玩笑啦～♪」

晶發出竊笑，但就是難保她未來不會說，所以才可怕……

「以我的角度來說，陽向的反應很可愛喔。她一下子愣在原地，一下子又漲紅了臉～」

「我沒問妳這些啦……是說，妳們怎麼都在換衣服？」

「只是試一下服裝。本來想趁你來之前快速試好。」

我拜託她下次務必要掛上更衣中的牌子，結果她居然說會考慮。拜託，不用考慮，掛上去就對了啦……

「老哥那邊呢？讀書會怎麼樣？」

於是我簡單說出今天讀書會的情形。

「——大概是這樣。結果可能出乎意料地好。我問了很多不會寫的數學題目。」

「嗯～……理工美女月森學姊教你的？」

「妳也不用這麼拘泥在這個稱號吧……她有時候的確難以親近，不過出乎意料是個有趣的人喔。」

「按照老哥的個性，你是不是在月森學姊沒發現的時候做了什麼？」
「怎麼可能啊？月森她——」
這時候，我突然停下腳步。這是今天第二次這樣了。
「——奇怪？」
「怎麼了嗎？」
「沒有，我只是覺得好像忘了月森的什麼事……」
「什麼意思！超讓人在意耶！」
「既然我會忘記，代表沒什麼大不了吧——這不重要，快看，電車來了喔～」
「啊！等一下啦！老哥，不要跟我裝傻～～！」

——我忘得一乾二淨。
完全忘記走到戲劇社的社辦前，要開門的前一刻，心裡所想的事。
但後來還是沒有放在心上，滿腦子只想著期末考和陽向。
距離聖誕節已經不到二十天。
總之得先想辦法考好近在眼前的期末考才行……

12 DECEMBER

12月6日（一）

今天我和戲劇社的成員們換衣服時，老哥出現了。

老哥，你知道「時機」這兩個字嗎？

這大概是人生在世最重要的詞彙喔？

不過這次是我們不好，換衣服卻沒有掛牌子。而且大家也沒有那麼生氣，老哥看到大家穿內衣的模樣，也還算冷靜。

是跟我生活久了，練就出對這種刺激場面的耐性了嗎？

可是當時陽向的反應太可愛，我都心頭小鹿亂撞了！

陽向為什麼會那麼可愛呢？

我也要努力學會做出那種反應！

還有，雖然和紗臭罵老哥，感～覺卻沒有嘴上說的那麼討厭耶～……

最近也常看到天音跟老哥竊竊私語……

這感覺不像桃花期到來，比較像被當成大家的哥哥。總覺得老哥最近在社團，已經變成妹妹量產器了……

這麼一來，沙耶、利穗和柚子可能哪一天就會變成老哥的妹妹了。

我的妹妹寶座有危險！不過是不是當成姊妹變多就好了？

對了對了，我最在意的人是月森學姊！

……老哥，真的沒問題嗎？

你可不要在讀書會出招，兩個人冒粉紅泡泡喔。你可以吧？

還有，老哥忘記月森學姊的什麼事啦！

老哥，真的萬事拜託耶！

老哥身邊有好多可愛的女生，每次都是我被逼著吃醋！

第6話「其實我聽了某對兄妹的故事……」

Jitsuha imouto deshita.

後來沒發生什麼值得大書特書的事，每天都過著風平浪靜的日子。

放學後和光惺他們念書，結束後就繞去戲劇社的社辦接晶和陽向。回家之後也是一樣，我總要把像隻烏龜一樣縮進暖桌的晶拉出來，逼她一起念書。

風平浪靜——這或許是暴風雨前夕的寧靜，我還是享受了好一陣子的安穩日子。

十二月九日，星期四。

這天我也一樣，放學後和光惺他們開讀書會。今天是以數學為主。

「哦～原來月森同學有弟弟啊？」

「有兩個。國三和小五。正是臭屁的時候。」

「臭屁的弟妹很好啊，很可愛。」

「負責照顧他們就辛苦了。」

這陣子，我和月森開始會聊這種私人的話題。

月森還是一樣，說話沒什麼溫度，但我不會因此不開心。今天聽到她是兩個弟弟的姊姊，反而對她湧現一股親切感。

另一方面，光惺和星野他們——

「星野，這題呢？」

「啊，這個嘛～……——應該是這樣吧？結菜，這樣對嗎？」

「對。」

「太好了～！」

「為什麼是妳在高興啊……？」

——氣氛挺不錯的。

星野很積極和光惺交談，但是不會打擾到他。至於光惺就像這樣，開始會去問星野，而不是我。

本來還怕這場讀書會不知道會變成什麼樣子，現在看來勉強能上軌道了。

剩下就看星野能在聖誕節之前和光惺縮短多少距離了。但事情到了這個地步，我已經開始希望他們交往。

「真嶋同學，你那一題……」

「哦……嗯。」

「前面都沒有問題，可是——你看，這裡。」
「我看看——啊啊，真的耶……」
「這邊改過來，這題就會對了。」
「知道了。月森同學，謝謝妳。」
「嗯。」
至於我，看到月森會像這樣跟我說話，覺得很開心。
剛開始不知道怎麼應付她的想法，也不知道上哪兒去了，我現在和她相處，不會覺得不自在。
雖然還是一樣面無表情，笑容也只出現在第一天，但我覺得她的表情比較柔和了。
話說回來，月森很會教人。
用意想不到來形容或許很失禮，然而她身上實在沒有那種氛圍，所以很驚訝。
聽說她在家會教弟弟們寫功課，說不定其實很會照顧人。
「有結菜在真的是幫了大忙～！我開始覺得我的數學會過關了～！」
「等考試結束之後再開心吧？」
「就算這樣，結菜，我還是要謝謝妳！」
「嗯。」

月森輕輕點了頭。

我也向星野看齊，跟月森道聲謝吧。

「讀書會有妳，真的很有幫助。月森同學，謝謝妳。」

「嗯……」

她不知道為什麼錯開視線，或許還不習慣接受別人道謝吧。

光惺獨自被丟包，他抓了抓那頭金髮，很稀奇地似乎想說什麼，但我決定假裝沒看見。

＊＊＊

當天，我很難得獨自一個人回家。

晶和陽向要跟西山她們去家庭餐廳開讀書會，所以會晚一點回家。

我直到半路都跟光惺一起走，但在老地方分開後，就一個人走向結城學園前車站。

……算了，偶爾有這種日子或許也不賴。

然而我卻在車站附近被一個認識的人叫住。

「涼太同學，你好呀～」

「新田小姐？妳好……」

那個人就是新田亞美小姐。

她是演藝經紀公司富士製作A的經紀人，也是前幾天挖角晶的人。

——對了，她上次也是在這附近叫住我們。

既然新田小姐來跟我說話，或許是想談挖角。

明明說聖誕節再給她第二次的回答，現在怎麼突然跑來？

「如果妳找晶，她不在喔。她去跟朋友開讀書會了。」

我的話才說完，她就雙手合十在胸前說了聲：「這樣正好。」

「其實我今天是來找你的～」

「找我？」

難道她連我都想挖角？——不對不對，怎麼可能。

一定不是這種天大的好事，而是來跟我談晶的事吧。

「我也要準備考試，所以不好意思，今天——」

「不要這麼無情嘛。十五分鐘就好！拜託你！」

「十五分鐘？」

「不然十分鐘也可以！」

因為她這麼說，我稍微思考了一下。如果是十分鐘，到時候電車正好來了吧。

「……好吧，這一點時間應該可以。」

「太好了！那我們不要站著說話，去上次那間店吧。」

如果她希望我幫忙說服晶，到時候就委婉拒絕她吧。

我順著她的邀請跟著往前走，並在心裡這麼想。

＊＊＊

「話說回來，天氣還真冷耶～天氣預報說下星期開始就會下雪了。」

「是喔……」

我們進入咖啡店，坐在上次那個座位。

不知道是因為面對比我年長的女人，還是對方是演藝圈的人，總之當我們一對一相處時，我就是很緊張。

「涼太同學，你會玩冬季運動嗎？像是滑雪或滑雪板。」

「不，我冬天不怎麼出門——別說這些了，快點講正事……」

我的話還沒說完，新田小姐便輕笑一聲說：

「……你還是不肯放鬆戒心啊？」

「我、我只是不擅長面對年長的女性啦……」

「既然這樣，和那麼美的繼母生活就沒問題嗎？」

「繼母……美由貴阿姨是個好人。她值得信賴，剛見面的時候是很緊張，可是我現在很尊敬她……」

「畢竟她在我們圈內，是光靠人家口耳相傳，就闖出一片天的彩妝師嘛。她有信用、信賴、實績，而且還有那種美貌。這些她都有，真的很厲害耶～」

唔……！這個人果然……

「妳查過了嗎？查過美由貴阿姨、我的家人，還有晶身邊的人……」

「沒有，是碰巧。我只認出美由貴小姐一個人。」

——好可疑……

「我想起我們公司以前有個女演員，在片場受到她一點照顧——後來也只有去問身邊的人，有沒有人認識她。」

她笑吟吟的，卻不知道話中有多少可信度。

不過我知道一點，那就是她這種說話方式是故意的。可能只是想看我有什麼反應，藉此取樂吧。

接下來可能就會提及美由貴阿姨的再婚對象，也就是我老爸，或是前夫建先生。不知道是想取得我的信任，還是想讓我抱持戒心——不管是哪種，都很不是滋味。
「你的戒心還是一樣強啊。不對，我覺得你這樣很好喔。我喜歡。」
「因為對象是妳。」
「那我對妳來說是特別的存在？」
「就某種意義來說，是沒錯。」
「好高興。這樣你就不會忘記我了吧？」
「是啊，妳說得對。我應該很難忘記妳了。」
聽到我這麼說，新田小姐嘻嘻笑道：
「你這個人真的很有趣。」
「咦？」
「是那種永遠有操不完的心的人。總會捲入麻煩。又或者是會主動攬下麻煩，是嗎？」
我是不想被認定成這種人，可是她說的完全正確，無法否認。
「這……我不否認，可是那又怎樣？」
「我只是想在進入正題之前，再更了解你一點。所以不要這樣瞪我嘛。」
「妳想談的事，是關於晶嗎？」
「不是。雖然不是，但我想看看你是不是值得信賴的人。你很有趣。我很喜歡你這種個性喔。」

「是喔——」

——我壓根兒感覺不到那是誇獎，也不開心。

「話說回來，你覺得我們經紀人的工作是什麼？」

管理藝人的行程，和諸多雜事。我是有這方面的知識，但這又怎樣？

「我的工作，是把你賣給你自己。」

「把你賣給你自己？什麼意思？」

「世上有很多人不知道自己適切的價格。有很多人會擅自決定自己的價值，覺得自己是只值這樣的人呢～……」

這種說法真令人討厭。說得好像人類是商品——

「說得好像人類是商品……你現在是這麼想的吧？」

「……我沒有。」

——其實想了……

「可是啊，就算是再大、再稀有的鑽石原石，要是不磨得漂亮一點，也不會發光。而有辦法把鑽石磨得漂亮的研磨師，也只有一小部分——」

「就是妳們這種經紀人？」

「沒錯。知道價值的人，也會是有辦法賣出那種價值的人。換句話說，我可以算是磨亮藝人的研磨師兼珠寶銷售員吧？我想把小晶磨得閃閃發亮，讓她察覺自己的價值。」

新田小姐不覺有何不妥地這麼說。

「太雞婆了。妳是想說現在的她沒有價值嗎？」

「我的意思是，磨亮之後會更有價值。而且她的價值會高到沒人有能力買下。」

繼續和她說下去也沒什麼用了。

我說了聲「失陪」從座位站起。

「等一下，我還沒說到重點。」

「……已經說完了。趁她不在的時候說這些也沒什麼用。」

這時候，新田小姐揚起嘴角的弧線。

「我是想跟你說說一對兄妹的故事。」

「一對兄妹的故事……？」

「──曾是天才童星的哥哥，還有無法出道的妹妹的故事。」

「咦……？」

當時我的背脊竄出一股冷顫，那並不是冬天的寒風造成的。

直覺告訴我──如果不是自己想太多，「兄妹」和「天才童星」這兩個字詞，能讓我聯想到的人物，也只有我熟識的**那兩個人**。

「如何？有興趣了？」

新田小姐看穿我內心的動搖，露出一抹笑意。

＊＊＊

哐啷哐啷——有人走進店裡了。隨著那個人一起闖進來的寒風，穿過我和新田小姐的腳邊。那就像是信號一樣，新田小姐緩緩開口：

「那對兄妹的故事——」

隨著她開口，臉上帶著緬懷過去的表情。

「那個哥哥，以前是在電視上人見人愛的天才童星。我們圈內的人都大肆討論，說他是十年難得一見的天才。當時就是我擔任那孩子的經紀人——對了，其實我之前負責童星。所以就擔任他的經紀人。」

新田小姐這時此地無銀三百兩地說：「對方現在姑且是一般人，所以請恕我不公開他的名字。」

「那個哥哥演過很多連續劇。晨間劇啦、週一黃金時段九點檔連續劇、兩小時特別戲劇之類的。他也很快就接到電影的戲約，工作都很順利——沒錯，很順利。我覺得他一定會成長為代表日本的演員，總有一天一定能前往更大的舞台……」

「可是事情不順利……？」

「那孩子大概九歲的時候，放棄演戲了。突然就說他不演了。事情真的不會永遠一帆風順啊～……」

新田小姐一臉遺憾地嘆氣。

「妳覺得是妳造成的嗎？」

「對，是我害的。我搞砸了～……」

「搞砸……？」

「搞錯研磨方式了——應該說，也許只是那對兄妹不適合給我帶吧。」

這種說法實在令人介意。

那只讓我覺得，她認為如果是其他兄妹就適合給她帶。

「那孩子有個小一歲的妹妹。那個女生也想當童星。她想變得和哥哥一樣，所以常常來到哥哥拍片的地方。那個女生很親人，很開朗……」

「唔……！挖角那位妹妹的人，也是妳嗎？」

「是啊。我對她說了——」

『妳要不要在大家面前演戲看看？』

『嗯！陽陽我也想變得跟哥哥一樣！』

「——她用率直的笑容點頭答應了。當然了，那孩子也有才華。因為獲得經紀公司的全面支持，我就讓妹妹進入童星培訓學校了。」

對公司來說，只要用天才童星的妹妹當作賣點就會有更多話題，也會產生加乘效果——新田小姐機械式地告訴我，這是公司的目的。

「那對兄妹的感情真的很好。他們總是手牽手，走在一起歡笑。當哥哥要開始拍戲，妹妹就會有點傷心，可是下一秒就會開朗地推哥哥一把，要他拍戲加油。她就是這麼聰明又溫柔的女孩子……」

——我知道。

我認識的她，就是這種人……

「哥哥為了回應那個笑容還有那份期待，也一直很努力。在我看來，他就像是要以哥哥的身分站在妹妹面前，真的拚了命地努力。」

——這我也知道。

那傢伙會為了妹妹而認真，他就是這種人……

「但結果還是進行得不順利吧？」

「是啊。公司催我快點讓妹妹出道，所以我讓她去參加跟哥哥一樣的特別課程——可是不行。特別課程對妹妹來說太嚴苛了，她完全跟不上。」

新田小姐露出苦澀的表情，看著手上的杯子。

「在無可奈何之下，我這麼對公司和他們的雙親提議：不要公開他們是兄妹讓她以天才童星的妹妹出道，而是獨立出道。完全是妥協方案。後來公司勉為其難答應，他們的父母也接受了——可是有個人無法接受。」

「……哥哥嗎？」

「對，沒錯。他不懂為什麼要把他和妹妹分開，直拗地鬧脾氣。說如果不能兄妹一起，那為了讓妹妹演戲，他不演了。」

說到這裡，新田小姐變得一臉嚴肅。

「可是呢，溫柔不一定就是對的。演藝圈沒有溫柔到可以用天真混下去。尤其演員的世界更嚴酷。畢竟星二代、手足藝人常會被人拿來比較演技。」

「可是站在妳的立場，還是想讓妹妹出道吧？」

「因為她很喜歡演戲，也有才華。與早開竅的哥哥相比，她只是需要花點時間才會開花罷了。」

「可是因為公司催妳快點讓她出道……」

「是啊……只要她一出道，就會被拿來和哥哥比較。所以我才想，既然有被旁人抨擊，讓才華夭折的可能性，乾脆不要把兄妹當成賣點比較好。這就是我搞砸的部分。太輕看那對兄妹之間的情分了。」

我知道新田小姐想告訴我什麼了。

一旦妹妹隨時都被拿來和天才哥哥相比，一定只有嚴酷的命運在等著她。

如果妹妹的實力沒有等同哥哥，甚至在哥哥之上，她的光彩就會被哥哥蓋住。旁人會批判她實力不夠，很可能會在闖出一片天之前結束演藝事業。

為了避免妹妹的才華被毀壞，隱瞞他們是兄妹，是新田小姐思量過後的苦肉計。

但另一方面，我也明白哥哥的想法。

不曉得他是小孩子耍任性，還是已經看透一切——他想必是很疑惑，不懂為什麼要隱瞞跟自己感情好的妹妹是兄妹。

即使如此，妹妹依舊喜歡演戲，所以他想讓妹妹繼續演。

但這麼一來，自己的存在就會礙到妹妹。

接下來就是一連串稚嫩的考量。哥哥想讓妹妹出道，在舞台上發光發熱。可是兄妹之間

的情誼感覺會受到大人們破壞，他討厭這樣。

後來他親手替自己拉下舞台布幕的結果，是把哥哥當成目標的妹妹無法出道，而且最後兄妹倆雙雙離開演藝圈。

——一想到這裡，就覺得哥哥的判斷還是太稚嫩了。

不過，如果我與那個哥哥站在同樣的立場，也會做出相同的決斷。

為了讓妹妹發光發熱，為了保護妹妹，為了不讓妹妹遭遇辛酸苦楚，他主動讓出自己的地盤。

而個中理由，他並未告訴任何人，也不讓任何人發現。

因為那樣感覺就像在逼人認清「我是為了妳，才不當童星」未免也太殘酷了。

——所以那傢伙才決定什麼都不說。

只說了一句「有不好的回憶」無論是對我、對寶貝妹妹，或是對父母，都沒說過真正的理由。

要是不曉得從哪裡走漏風聲，被妹妹知道，她一定會後悔，覺得是自己害了哥哥……

同時，我也發現自己漏看一個很大的重點。我搞錯前提了。

現在終於明白，第一次見到新田小姐，和她說話時感覺到的異樣感是什麼了。

「所以妳才會來看花音祭吧？」

「……你果然是個很聰明的孩子。」

新田小姐露出一抹淺笑。

——我看漏的事情。

就是追根究柢，新田小姐為什麼會來參加花音祭？

她不是要來挖掘新的明日之星，而是來見想見的人。

「你說得沒錯。我會去花音祭，是為了去見那對兄妹。因為我聽說妹妹會站上舞台，所以決定去看看。」

「事到如今，是想讓自己好過嗎？——不對，妳不可能做這種事吧……」

這個人根本還沒真心承認自己的失敗。

她有自稱一流研磨師的尊嚴，所以想必不打算讓失敗以失敗收場。

「沒錯。我是去挖角的。希望她能再次在演藝圈努力。即使發生過那種事，她還是有在演戲，而且在我們這個圈子很有名喔。」

「你知道她有繼續演戲，是因為妳有持續追蹤她吧？挖角的結果……哦，不對。妳被甩了吧？」

「對，慘敗。而且理由是——」

「我很擔心哥哥，所以現在還不能離開他。」

「——這樣。」

「哈哈哈，那真是可惜……」

「他們的感情還是那麼好，傷腦筋啊。而且你和小晶也是啊。」

新田小姐無奈地笑著，然後堅定地說：「但我還沒放棄。」

「換句話說，我一開始是想看看她成長了多少，接著挖角她，才會去花音祭。不過好像出了一點狀況，她只在最後出場。然後哥哥不是也突然登台嗎？」

新田小姐就像提到自己的孩子一樣，露出微笑。

「過去的天才童星為了妹妹暫時回歸舞台，瀟灑登場。後來當他用公主抱帶妹妹離開時，我也在哥哥身上看到他身為演員的光彩。所以也打算說服哥哥復出。這次我希望他們兄妹能一起在演藝圈活躍。」

「新田小姐，妳真是個貪心的人耶……」

「常有人這麼說。其實我只是按照自己想做的去做而已啊。」

利己成這樣，反而乾淨利落。

不過，如果不是這麼貪心的人，或許也無法在那個圈子混下去吧。

「那真的是一部好戲——而且，我還發現了新的才華。就是小晶的演技。我都起雞皮疙瘩了。」

「這樣啊。原來那傢伙的演技有這麼……」

「你真是不識貨耶。小晶的才華遠比那對兄妹高喔。」

「妳說晶……？」

「前提是接下來要好好磨練。」

新田小姐說完，以認真的表情面對我。

「你和小晶很像那對兄妹。雙方都為彼此著想，已經變成切也切不斷的關係了。不是有種說法，說牽絆就是『牽制和纏絆』嗎？那是束縛的意思，兩者互為表裡。有時候會阻礙人成長。」

說不定真的是這樣。

把晶留在陸地的人，就是現在的我。明明有人替她準備好一艘大船了，晶卻因為我而無法出海……

「那對兄妹的故事結束了——最後我可以再說一件事嗎？」

「什麼事？」

「就像小晶有成為演員的才華，我也有當經紀人的才華。」

「所以妳希望我放心地把晶交給妳嗎？」

只見新田小姐點了點頭。

「你可以把小晶交給我們富士製作A嗎？我無論如何都想要她。」

「我覺得妳在工作上，應該是個值得信賴的人——雖然妳還有其他避而不談的事吧？」

「這很難說喲～？」

現在——不對，這件事就先算了吧……

「……反正最後是由晶自己決定，她現在不在這裡，我真的不想談什麼託不託付……」

我厭煩地搔著後頸。

「只不過，如果晶決定要走這條路，我身為哥哥也只會支持她。如果她未來要受你們公司照顧，希望是由妳負責，這是我的條件。」

「那當然。不過你真的願意讓我擔任小晶的經紀人嗎？」

「假如妳有信心不會被別人搶了這件工作。」

「涼太同學，你很敢講耶。我當然是這麼打算的。」

「還有一件事，新田小姐——」

「還有別的條件嗎？」

我指著店裡的時鐘。

「我們講好的十分鐘，早就超過了。」

「哎呀，真的耶。」

我們輕輕笑著走出店裡。

離開店裡，天色已經全暗變成黑夜。

除了路燈，還有聖誕節燈飾熠熠生輝地點亮街道。

「啊，對了。如果不嫌棄……──來，這個給你。」

新田小姐從名牌肩背包中，拿出一只信封給我。

「這是什麼？」

「是我們公司現在上演的戲劇門票。兩張ＳＳ座位。這是二十五日聖誕公演的門票。」

「啊，我懂了……原來是這個意思啊……」

新田小姐咧嘴一笑。

「請務必帶著小晶來看。松本柑奈這些著名演員也會出場，一定會看得很開心喔。」

──嘴上這麼說，其實是想讓晶看看真正的演員演戲的模樣吧？

我還是不客氣地收下了。

「這張票可以拿去網拍嗎？」

「可以。要煎要炸隨你。那下次見啦～──」

＊　＊　＊

我回到家後吃完晚餐，接著洗澡，最後一屁股坐在客廳沙發上。
因為今天和新田小姐見面，感覺疲勞一口氣冒了出來。
本來打算和晶一起念書，現在卻提不起念書的心情。
我把背脊靠在沙發椅背，然後看著天花板。
──陽向那件事，該怎麼處理啊……
新田小姐告訴我的那些事，在腦中揮之不去。
現在仔細想想，事情好像愈變愈大了。
這件事又不能告訴別人，而且事情到了這個地步，我已經不知道介入陽向和光惺之間是否正確，也不敢介入。
而剛才陽向傳ＬＩＭＥ給我，她說我們一起出去的日子想訂在十二月十八日，星期六，也就是期末考結束後。我姑且回傳了一句「了解」。
這時候，當我想著天花板的燈光怎麼突然變暗時，才發現原來是晶從沙發椅背後方，一臉擔憂地窺探我的表情。

「老哥，你還好嗎？感覺好像很累耶。」

「嗯？哦，是有點累……我回家的時候碰到新田小姐，就聊了一下。跟她講話真的很費神呢……」

「原來是這樣……你們果然是在聊我？」

「對啊。她說無論如何都想要妳。」

「站在我的角度，倒是比較想聽到老哥這麼跟我說耶～」

「就知道妳會這麼說……」

當我無奈地笑了笑，晶輕輕地把手放在我的肩上，什麼都不說就開始幫我按摩。

「謝謝妳……」

她的力道剛剛好。舒服到會讓我直接坐在這裡睡著。

「晶，妳打算怎麼回答人家的挖角？」

「我還在想……」

「這樣啊。我今天跟新田小姐聊過，覺得她果然是個優秀的經紀人。」

「……老哥覺得我該怎麼做才對？」

「不知道。可是我聽她說話的時候，有個想法。愈是疼愛的孩子，就愈該讓他出門旅行

（註：引申為「玉不琢，不成器」）——反正還有時間，妳就慢慢考慮吧？」

「嗯……我再想一下。」

晶還在猶豫，但現在還有猶豫的時間，也有一件要先擔心的事。

「另外關於二年級選組，妳打算選什麼？」

「這個我也還沒想好，現在比較偏向跟你一樣選文組吧。」

「為什麼？」

「如果哪裡不會，隨時都可以請教你啊。老哥當家庭教師，只給妹妹免費的待遇！」

「這可真是究極的盤算啊……」

我傻眼地笑道。

「這件事也還有時間考慮，妳要想好再決定喔。」

「嗯——可是，啊啊啊～～……」

「怎麼啦？」

「我在想，最近要我自己作主的事愈變愈多了……」

「這應該就代表妳長大了吧。當然了，有些事一個人無法決定，所以身邊才會有大人或朋友啊。」

「可是自己做決定好可怕……我完全無法想像啊……」

「這種感覺我也懂……」

「老哥也會覺得可怕？」

「如果是超出自己的能力可以負荷的事，尤其覺得害怕……」

尤其是這次……各式各樣的事不斷往上累積，早已超出我的負荷範圍了。

「可是我以前跟自己說好了，害怕的時候應該要怎麼做——如果選項分成兩條岔路，就選比較不會後悔的那條。假如往後才覺得當時應該這樣或是那樣，那豈不是放馬後砲嗎？所以我會選擇對自己來說，比較不會後悔的路——但這是從老爸那邊現學現賣的啦。」

「這樣啊……」

晶停下揉肩膀的手，稍微思索一下後，從後方輕輕摟住我的脖子。

「那我也這麼做。我會決定好哪一條路比較不會後悔。」

「好啊，妳就這麼做吧。」

「老哥，謝謝你……最喜歡你了。」

後來，晶說她今天累了要先就寢，就這麼走上二樓。

晶的事、陽向的事、光惺和星野，還有我自己的事——最近要思考的事情變多，道路的分歧點錯綜複雜，就像一座迷宮。

我很想專注思考其中一件事，卻不知道該從哪一件事著手。

思緒沒能完成整合，整個人直接躺在沙發上，直盯著天花板，都快把天花板盯出一個洞了。接著睡魔襲來，我也就直接睡著。

當我早上起來，發現自己身上蓋著一條毛毯。

可是晶不在。

或許是因為和平常不一樣，讓我覺得有些寂寥。

日曆翻過一頁，今天是十二月十日。距離聖誕節，還有十五天嗎……

希望對陽向和光惺而言，今年聖誕節也是一個快樂的聖誕節。可是……

12 DECEMBER

12月9日（四）

老哥今天好晚才回來，好擔心！

他說跟新田小姐見面，看起來好像很累。

老哥說她身為經紀人或許可以信賴，可是那個人對我來說，卻是不知道該怎麼應對的那類人……

愈是疼愛的孩子，就愈該讓他出門旅行——可是我不需要這種疼愛，希望老哥正常疼愛我啊～……

話說回來，我覺得最近要自己作主的事情愈來愈多了……

老哥說，這應該就是長大，可是如果是這樣，我倒希望自己一直當個小孩。

自己決定事情很可怕。非常可怕。

尤其要自己一個人跳進不怎麼能想像的世界，我還是……

但也不能總是說這種話吧～……

半夜走到一樓，發現老哥睡在那裡。

他一定比我更加、更加辛苦。

我覺得自己也必須好好思考自己的未來了。

第7話「其實是『老哥千里行』① ～從第一關到第二關～」

「這裡寫錯了。」

「——咦……」

被月森這麼糾正，我才回過神來。

今天是十二月十三日，星期一。現在已經放學，我們正在教室開讀書會。

上個星期我從新田小姐口中聽說了某對兄妹的故事，接著和晶談談往後的事，時間就快速飛逝了。

我還是一樣過著風平浪靜的日子，卻覺得這陣子發呆想事情的時間增加了。

自己也覺得很茫然，一回過神來時間就過去了。大概是這種感覺。

然後當我回神才發現兩天後就要考試，距離我和陽向出去吃飯的十二月十八日，也逐漸逼近。

「真嶋同學，你從剛才就很不專心，沒事吧？」

「呃……啊，嗯……奇怪？光惺和星野同學呢？」

「他們剛才去教職員辦公室了。說要去問老師。」

「是喔，原來是這樣……」

我確實是很不專心。好像有跟他們說「慢走」卻不太記得當時的對話了。

「你怎麼了？有煩惱嗎？」

「是啊，有點煩心事……」

煩惱——過度攬在身上的問題已經愈來愈沉重，我現在根本不知道應該著重在哪一件事上，結果每一件事攪在一起，不斷在腦海裡繞來繞去。

月森從剛才開始，就不發一語地盯著我的臉看。

「月森同學，妳有煩惱嗎？」

「是人總會有一、兩件煩惱……」

「其實我有點煩惱。煩惱很多事……」

「很多事？……是人際關係？」

「嗯，算是吧……總覺得自己無能為力，開始失去信心了。」

我自己也不知道為什麼要找月森商量，總覺得她很好傾訴，就繼續往下說了。

「就像妳之前說的，我總是自己攬下各種事情，現在才會不知道從哪件事下手。連自己現在站在哪裡都搞不清楚……」

「這樣啊。」

「如果妳抱著很多問題，很煩惱的時候會怎麼解決？」

「我打從一開始就不會讓自己抱持複數問題。」

「啊哈哈哈……那如果已經這樣了呢？」

月森伸出左手食指，靠著下嘴唇思索了一會兒後，輕輕開口：

「……直角坐標系。」

「什麼？直教坐……什麼？」

面對首次聽見的名詞，我感到有些困惑。只見月森在筆記本上，快速畫下任誰在數學課上，一定會見過一次的熟悉圖形。

「這是X軸和Y軸……妳是說平面座標？」

「對，平面座標。也叫作直角坐標系。」

「是喔～原來叫這個名字啊……」

「你知道這是誰發明的嗎？」

「不，我不知道……也沒學過啊……」

「是笛卡兒。」

「咦？妳說的笛卡兒，是那個哲學家？」

「對。他是哲學家，也是數學家。這個圖形也叫作笛卡兒平面。」

「我都不知道。原來是笛卡兒發明的啊……」

話雖如此，其實我對笛卡兒也不太熟。

「你現在正在煩惱。所以現在才會在這裡。」

「『我思故我在』……對哦，這也是笛卡兒說的話嘛。」

「嗯。他另外還有一句話，『難題要分割開來』你明白這是什麼意思嗎？」

「哦，嗯。意思是如果碰到問題，只要分成好幾次處理就好。對吧？」

「沒錯。就算乍看之下是很複雜的問題，只要一一細分成許多種類，每一種就會變得比較單純。」

接著月森說：「但你的情況不一樣。」

「你把每個人的煩惱都當成自己的煩惱在苦思。然後把那些問題連結在一起，自己把問題複雜化了。」

「所以我沒有分割難題，而是把可以分割的東西刻意變得更困難？」

「對。你合併思考所有事情，只會讓事情更複雜。所以要不要先歸類這是誰的煩惱，再度把每件事分開思考？」

「分開思考嗎……？」

「別人是別人，自己是自己，每一件背景是背景。不要一開始就想一次處理完，分成幾次處理就好了。」

月森最後補充「就像練習鋼琴」但我不知道鋼琴的練習方法，這種比喻對我來說，無法變成明確的想像。

——不過我想，無論什麼事都是這樣吧。

以我國中時有在練的籃球為例。

我們不會一下子就開始打比賽，會先分別練習投籃、傳球、運球，然後再以比賽的形式把這些技能合而為一。

所謂的籃球比賽，其實就是把每個單純的技能合起來，變成一種複雜的動作。

反過來說，如果比賽輸了，就找出問題所在，然後以那個問題為中心反覆練習。如果投籃命中率太低，就加強投籃練習。如果傳球沒辦法順利傳出去，就多加練習傳球——大概是這樣。

「這樣啊……是我自己把事情複雜化了啊……」

「應該吧……所以你先把身上的問題一個一個切割開，可以的話，再把每個問題分得更細、更單純，這樣或許比較好。」

問題出在我把所有事情合併起來。

陽向那件事就是這樣。

因為我們已經有四年交情，因為她是晶最好的朋友，因為她是光惺的妹妹。我和晶是兄妹，光惺則是朋友，而陽向過去發生過那種事——我就像這樣，自己畫著人物關係圖把所有人連在一起，自己把事情變得更複雜。

打從一開始只要看著現在的陽向就行了，我太介意旁人的臉色。

「煩惱的你現在就在這裡。所以就從這裡，一步一步往前走走看吧。」

沒錯，如果不行動，凡事都不會開始。

千里之行，始於足下——

「月森同學，謝謝妳。我覺得能找到解決辦法了！」

「那就好。」

「對了，妳說這個叫笛卡兒平面嗎？這跟這件事有什麼關係？」

月森聞言瞬間露出心驚的表情。

「可能沒有。」

然後這麼說。我忍不住笑出來。

「原來妳也會這樣啊。」

「可能偶爾會……」

隨後月森不再說話，紅著臉低頭，大概是覺得很害羞。

月森看起來精明，或許也有那麼一點少根筋的時候。

這時候，光惺和星野正好回到教室。

「我們從辦公室回來了。」

「好多人在排隊，排超久～……」

「你們都辛苦了。結果怎麼樣？」

「啊……嗯！我們不懂的地方，老師都教得很仔細喔♪」

這可能是我小人之心的想法，但星野的臉上根本寫著「能和光惺獨處一段時間，真是太好了」至於光惺，也以不解的神情看著我。

「喂，涼太。」

「嗯？幹嘛？」

「你怎麼一臉雨過天青的感覺？」

我回了一句：「還好啦。」然後又看著月森臉上潮紅還未消退的側臉。

＊　＊　＊

一會兒後，讀書會來到尾聲，我們開始稍微閒聊。

先挑起話題的人，是滿臉通紅的星野。

「對了，下週就是聖誕節了耶。**你們**想收到什麼禮物啊？」

該怎麼說呢？有夠明顯。

星野是想知道光惺想要的東西吧。

「真嶋同學呢？」

「咦？我啊……現在很冷，想要一雙手套吧？」

「我懂！那結菜想要什麼？」

「新的手機。」

「這樣啊。妳之前說過想換手機嘛……上田同學呢？」

「錢。」

「啊，呃……我的意思是，如果你有錢想買什麼啊～……」

開始覺得星野很可憐了，可是她期待光惺會說出像樣的回答，打從一開始就是錯的。

「……對了，我想要一個新錢包。現在用的已經很破了……」

星野總算問出答案，她心滿意足地不斷點頭，說著：「這樣啊。」

星野偉大的地方在於某種程度上會用直球決勝負。她明明可以丟曲球利用我去問，卻丟了一記正中直球。

或許她是認為該收斂一點，別再尋求我的幫助了。

後來我們相安無事，繼續為了兩天後的考試專心念書。

我也趁這段時間，按照月森剛才說的，把身上的問題切割開來思考。

我的難題大致可分為以下五項——

① **期末考，主要是數學。**

② **光惺和星野。**

③ **跟陽向出去吃飯。**

④ **晶二年級選組。**

⑤ **晶對挖角的回答。**

離聖誕節還有十二天。

千里之行，始於足下——不展開行動，一切都不會開始。

晶希望的快樂聖誕節還遠在千里之外，為了達成這個目標，我必須想辦法突破這五個難題，可是……嗯？等等喔。

千里、五個……原來如此，這是我的「關羽千里行」嗎！

所謂的「關羽千里行」是三國志裡的故事……

——美髯公千里走單騎，漢壽侯五關斬六將……

蜀國的關羽（＝美髯公）投降魏國的曹操後，在前往分隔兩地的主君劉備身邊的途中，闖過五個關隘，斬殺六名守將。

其實所謂的過五關，好像是虛構的故事。不過關羽為了展現對義兄劉備的忠義，突破五個關隘的故事，實在非常熱血。

若要稍微借鑒這個故事，以我的情況來說，是為了實現對繼**妹**晶的情分。

為了不要有後顧之憂，和晶一起迎接快樂的聖誕節，我要解決碰上的這五個難題。「關羽千里行」就變成「老哥千里行」了……

——感覺開始熱血沸騰了！

最後一關，有武將夏侯惇——不，是新田亞美小姐等著。可是為了守住我對晶的情分，一定要突破這五個關卡！

……話說回來，我的赤兔馬在何方？

＊＊＊

十二月十五日，星期三。今天開始是為期三天的期末考。

考試到中午就結束了，所有學生會在中午一起離校。

第一天就考數學，我答題的手感還不錯。

考完之後，我們四個平常讀書會的成員聚在一起討論。

「光惺，你數學考得怎樣？」

「應該還算不錯。你呢？」

「突破第一關了……」

「啥？什麼意思？」

「哦，沒有啦，我自言自語。意思就是沒問題！」

星野也一臉開朗地說：「她會寫。」月森當然也考得很好。接下來只要等下個星期老師發還考卷，然後公布成績了。

「真的多虧有結菜！」

「我沒做什麼……」

月森表現得很謙虛，但如果沒有她，我們的數學一定無法過關。

「不，真的多虧有妳。月森同學是我的赤兔馬——」

「……你想騎在我身上嗎？我的個性是不烈，但也不是誰都可以……」

「啊，嗯，不是……抱歉，是我比喻得不好……我想說的是，妳是可以依靠的夥伴……對不起……我不是那個意思……」

光惺和星野聽得一頭霧水，我和月森卻不斷擴大那句話的意思，雙雙臉紅。

話說回來，沒想到月森會知道三國志。

說不定未來有一天，我們會熱絡地談論三國志。

「總、總之，我的數學能勉強過關，都是託妳的福！謝謝妳！」

「嗯……」

月森的臉還是一樣紅，但看起來似乎帶著微笑。

接著我看向光惺。只見他抓著那頭金髮，依舊很像有話不吐不快的樣子。這次我決定不再忽視他。

「好了，光惺。要說的話就趁現在——」

「好、好啦……月森，謝了……」

「嗯。」

於是光惺也害羞地面向星野。

「還有，星野也是……妳教了我很多，謝謝妳……」

「咦……？嗯、嗯！欸嘿嘿嘿～♪」

星野露出滿臉笑容……看來男生的傲嬌屬性也是有市場的。

第二關——光惺和星野感覺氣氛也不錯。

剩下就看星野怎麼努力了，第二關應該也可以算突破了。

接下來，在通過第三關和第四關前，我要趁今天先布好局，以便日後順利通過第五關。

＊＊＊

當天傍晚。

念書產生的疲勞或許也是原因之一，晶一回到家就鑽進暖桌睡著了。我決定趁晶不在場，去問美由貴阿姨對挖角有什麼想法。

「美由貴阿姨，可以打擾一下嗎？——啊，我來幫忙。」

「哎呀哎呀，涼太，謝謝你。找我有什麼事嗎？」

美由貴阿姨開心地笑道，她的臉上留有一點工作疲憊的倦容。

我決定一邊幫忙準備晚餐，一邊以閒聊的程度談談看。

「是關於晶被挖角的那件事。」

「咦？哦……嗯……」

美由貴阿姨聽到我要聊那件事，浮現一抹苦笑。

「說真的，妳有什麼想法？」

「你是問我針對她拒絕對方有什麼想法？」

「那也是我想問的，不過如果晶和建先生走上一樣的路——」

之所以刻意提及建先生，是為了儘早結束話題。

總覺得這對美由貴阿姨來說，是想避免的話題。可是晶可能會在我們聊到一半的時候醒來，所以站在我的立場，想避免話題遲遲沒有進展。

「上次也說過了，不管她選哪一邊，我都會接受。」

「但果然還是會擔心嗎？」

「是啊……那是個嚴苛的世界，自然就更擔心……不知道現在的她能不能應付……」

「我也是這麼想。不過畢竟人家是看中她未來的可能性，才會來挖角……」

說到這裡，美由貴阿姨有些不解地歪頭。

「涼太，你反對嗎？還是贊成？」

「不，我還在思考——現在可能比較靠近贊成吧。」

「可是她真的沒問題嗎？」

這時候，我稍微提到前幾天遇到新田小姐時，聊天聊到的事。

我說新田小姐在工作上可以信賴，應該是個可以依靠的人，甚至提議如果對方想跟家長見面，或許大家可以見個面。

結果美由貴阿姨只回了一聲「也是」看起來不是那麼有意願。

「對了，她好像在花音祭見過老爸和妳耶。」

「什麼？在哪裡？」

「體育館。她說我們演戲的時候坐在老爸旁邊。」

「哎呀，是那個人呀？我們只聊了幾句，原來她是經紀人啊？」

「對啊，好像是。」

我接著說出她因此發掘晶的才華，到了現在才來挖角的理由。

「就我跟她聊下來的感覺，她很像妳這種工作能幹又優秀的人。對我來說，如果她能當晶的經紀人，或許就能放心了。」

「我是不知道我優不優秀，不過富士製作A的員工應該都很優秀吧……」

美由貴阿姨咚咚咚地切好青蔥，把菜刀放在砧板上，罕見地嘆了一大口氣。

「我的前夫建……他寧願選擇演員之路，也不選擇家人。」

美由貴阿姨突然娓娓道來。

「我們生活困苦的時候，比起選個更穩定的工作，他沒有放棄以演員之姿功成名就。我拜託他優先考量家人，但還是不行……這就是我之前跟你說過的，我們之間價值觀的差異。看是要追逐夢想，還是留在家人身邊……而結果就是我和晶被他丟下了。」

建先生選擇追逐夢想。

或許愈是追逐，失去的東西就會更多，即使如此，他還是繼續追逐。

但我認為那不只是想重現過去美好的回憶，而是有更重要的理由吧。

「我很怕晶和他一樣，丟下家人到別的地方去……」

我聽著美由貴阿姨的不安，想起月森說過的話。

「妳要不要把晶和建先生切割開來？」

「如果可以就好了……但他們依舊是父女——」

——畢竟血脈相連，總會走上同一條路。

這或許是她想說的吧。

「一個人的特質不會遺傳。就算有血緣關係也一樣……」

「特質不會遺傳？什麼意思？」

「意思是就算有血緣關係，他們依舊是擁有不同思維和性質的兩個個體。晶是晶，建先生是建先生，而妳是妳。你們是擁有不同想法的個體，要不要試著這麼想？」

美由貴阿姨說了聲「就算這樣……」低著頭思索了一會兒。

看來她還是很難把晶從建先生──又或是從她自己身上切割開來。

「我都把家裡的事交給你處理，自己埋頭工作，可能沒有資格說這種話，但晶終究是我的寶貝女兒，一想到她會離開，我就──」

「果然很捨不得吧……」

「是啊，捨不得。真的很捨不得……」

看到美由貴阿姨比剛才更失落，我擠出笑容。

「不過還在念書的期間，會往來家裡、學校和工作，應該還是有時間陪家人啦。」

「說得……也是……」

「我偶爾也會想像。如果晶不在了……」

「涼太……」

「真的會很捨不得。她是那麼黏我，如果突然不在……」

「是啊……她最喜歡你了嘛，一定會這樣吧……」

明明只是在談論想像中的事，卻突然開始捨不得了。

這時候，我突然想起晶說過的話語。

「不過我也會這麼想——」

『關係曖昧不明，確實覺得怪怪的，可是我覺得老哥最後還是會回到我身邊……應該算是我的願望？』

「——晶最後一定會回到我們身邊……我們抱持這樣的願望，應該也很重要……」

「願望啊……」

「是希望、願望、野心，跟慾望。」

「最、最後兩樣是不是不太對……」

「不，這些對那傢伙來說，好像混在一起都一樣喔。」

美由貴阿姨聽了，說聲「真滑稽呢」後，發出輕笑。

後來我也和老爸談過，他說會交由晶和美由貴阿姨決定。

雙親都沒有反對。剩下就看晶怎麼決定了。不過我也必須以哥哥的身分，給晶一點意見才行。

12 DECEMBER

12月15日（三）

老哥變了。該怎麼說呢？

變得很成熟！他原本就很成熟了，最近感覺又變得更帥！

男生一個不注意，馬上就會成長，可是老哥一下子就變帥，我又重新迷上他了！

我也要向他看齊，變得更成熟！

對了對了，老哥感覺好開朗。

好像找到方法解決他身上的眾多問題了。

看來把陽向交給老哥處理也沒問題了！

肚子也吃飽，放心之後，就開始想睡覺。

等我醒來，天色已暗，晚餐也做好了，我就和老哥、媽媽三個人一起吃飯。

老哥變開朗，媽媽也不陰沉了。

本來以為她很在意我被挖角，現在這樣看起來，應該可以跟她談爸爸了。等考試結束，好想跟媽媽好好聊一下喔～

和老哥相處的時間是很重要，可是我也要重視和家人相處的時間才對！

然後明天考試也要加油！

第8話「其實是『老哥千里行』②　～第三關．上田陽向　前篇～」

距離聖誕節，只剩下一個星期。今天是十二月十八日，星期六。

今天總算要闖第三關——也就是和陽向一起出門的日子。

我在十一點左右做好準備，來到玄關穿好鞋後，面向過來送行的晶。

「那我出門了。」

「老哥，加油！陽向就拜託你了喔！」

「好，包在我身上！」

「啊，不過在你出門前——」

「幹嘛？這什麼表情……？」

晶閉上雙眼，然後對著我嘟嘴，發出「嗚～」的聲音。

看她的表情，我是有看懂她希望我做些什麼啦……

「慢走的親親——……——」

「哈，我才不會親哩。都要走了，這樣反而會動搖我出門的覺悟。」

「意思是，你會不想出去見我以外的女生？」
「沒錯。會讓我沒辦法思考其他女生的事。」
「咦！老哥，你這句話是什麼意思？什麼意思！」
「我走了。」
「啊！等……至少給我慢走的抱抱——……——」
——我也不會抱。
砰的一聲關上大門，然後嘆了一口大氣。
我知道晶是刻意以開朗的模樣，把我推出家門。
為了鼓舞我，她才會用我們平常的風格送我出門。
——這下得回應她的期待了。
「好了……走吧！」
天氣預報說今天會下雪，天空的模樣感覺不太對勁，於是我快步往車站走去。

＊　＊　＊

往結城學園前車站的反方向，搭電車到第二站後，有個和車站連通的大型購物商場。約吃飯的人雖是陽向，餐廳卻是我指定的。

我會選這裡有幾個理由。一是為了吃完飯後買聖誕禮物。

剛好陽向也想挑選光惺和晶的禮物，我們利害關係一致，就決定選這裡了。

第二，其實我們居住的有栖南周邊也有個大型購物商場，之所以特地來到這裡，是不希望被人傳出什麼八卦。

比如西山，還有西山，除此之外就是西山。要是被她發現，一定會很吵。

尤其她已經在聖誕節前惡靈化了。光是我和陽向走在一起，可能就會遭到詛咒，為了儘量避免遇上她，我才會選這個地方。

如果被發現，她一定會說：「自己的妹妹還不夠，居然對別人的妹妹出手！」

順帶一提，我才沒有繼妹情結。我是「傻哥哥」而且還會「體貼**朋友的**妹妹」。

先不管為何要用西山的思考模式想事情，我就是不太想被認識的人看到我們走在一起。

我們約在購物商場一樓的室內噴水區見面。

其實之前也和陽向兩個人一起出門逛過街。

只不過唯有這次，就是很緊張。既然不知道她約吃飯的目的，就不知道她等等會說些什麼，所以今天無法像往常一樣輕鬆面對。

我打算先前往目的地，讓緊張的心冷靜下來，因此比約定時間早了三十分鐘抵達現場。

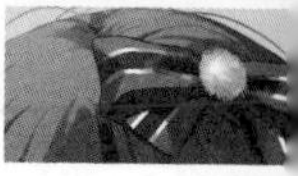

然而──

「奇怪？陽向！」

「啊，涼太學長。」

──沒想到陽向已經在我們約好見面的地方等了。

「為什麼？我記錯時間了嗎？」

「啊，沒有，你沒有記錯。我覺得靜不下來，就提早到了……」

陽向像個搞砸的孩子，嘿嘿笑道。

「那就好……」

「啊，請學長不用在意。我也很喜歡像這樣等待的時間！」

好可愛……不對不對，她怎麼這麼善解人意啊？

──話說回來……

這是我今年第一次看到穿冬裝的陽向。

厚重的外套搭配窄裙，她的飾品也配得很好，看起來比平常的她還要成熟。

這身打扮和純真的笑容形成落差，讓人難以抉擇，究竟應該誇她很美？還是很可愛？

該說些什麼誇她呢──

『老哥，跟女孩子見面不可以聊天氣，要誇獎服裝！如果你很傷腦筋——』

——好。

這種時候，晶教我的魔法讚詞「真我妳真是」就派上用場了。

「**真**不愧是陽向！妳今天的打扮好好看！」

「是、是嗎！這好像是今年的流行……謝、謝謝……」

「**我**都不知道！因為不怎麼研究流行趨勢。」

「涼太學長，我、我會害羞，所以……」

「**妳**好厲害！**真**羨慕妳這麼有品味！」

「涼太學長！你、你誇得太過火了啦！」

「**是**喔，我誇過頭了！——呃，誇過頭？啊，這樣啊，抱歉……」

陽向滿臉通紅地開始扭動身體。

我也瞬間覺得尷尬不已，抓了抓頭……重振旗鼓吧——

「——那、那我們走吧？」

「好。那就……咦！」

「嗯？怎麼了……——唔哇！」

——怎麼會這樣……

我下意識伸出右手。

完全是「牽手」的信號。

這應該是在不知不覺中，被晶訓練起來的動作……

陽向不知道該不該碰我的手，左手在胸前來回移動。

「啊，呃……這是……！」

「那個……呃……我現在該怎麼做……！」

「啊，沒有，沒什麼！妳不要放在心上！」

我們帶著尷尬並肩開始往前走。

我配合著陽向的步伐往餐廳樓層前進。

＊＊＊

這裡是一般人約吃飯，一定會納入名單的義大利餐廳。

餐廳服務生帶我們來到座位，我們隔著一張桌子，面對面坐著。

仔細看著菜單挑選，接著點餐。之後我不知道應該看哪裡才好，只好環視餐廳內部。這間餐廳氣氛很好，有很多夫妻或情侶來。

這時候，陽向語帶緊張地說：

「我第一次來這裡……有好多情侶喔。」

「嗯？哦，好像是這樣。」

「別、別人看我們，是不是也覺得我們是情侶啊！」

「不、不知道耶～？啊哈哈哈……哈哈……哈……——」

——有夠尷尬。

尤其這個情境絕對不想被西山、西山和西山看到。

陽向用手指戳著裝有水的玻璃杯杯緣，感覺也很尷尬。

總之現在得先聊些什麼，可是我不知道該挑什麼話題。

先閒聊吧。然後聊聊期末考，也聊聊社團，儘量把正題往後挪。

就由我先開啟話題——

「「那個……」」

「「啊……」」

——時機太糟糕，我和陽向同時發出聲音。

「妳、妳要說什麼？」

「呃……涼太學長先說……」

「不不，陽向妳先。」

「不不不，涼太學長先。」

「不不不不，妳先。」

「不不不不不，你先……」

——就這樣，我們互相退讓，結果根本沒進展。

「那就我先！那個啊——」

陽向感覺好像還靜不太下來，所以決定由我來主導談話。

在料理送上桌之前，我們就這樣聊著天，不過到頭來，我們之間的共通點，就只集中在一點——

「晶完全判若兩人了耶。尤其看她在社團的表現，更會這麼覺得。」

「因為大家都是好人啊。她之前也說喜歡演戲，應該是真的覺得很舒服自在吧。」

「是呀。而且她的演技也愈來愈純熟了喔。」

「那是因為搭檔很優秀。因為有妳在旁邊幫她。」

——就像這樣，我們從剛才開始就只聊晶一個人。

我實在找不到適當的時機，把話題轉到陽向身上。

想好好聊一下的人明明是她，我卻讓她不斷誇獎晶。

「這個不好說吧……我倒覺得是因為涼太學長就近守著她的關係。」

「和我在一起她就能放鬆，或許比較不緊繃吧。」

「沒有這種事。晶看你的眼神……該怎麼說呢？感覺像是超越了家人之間的情誼……」

她感覺好像很難以啟齒，而我也不能深究這件事。

「超越家人？」

「對、對啊……有那種感覺……」

話題似乎快偏向詭異的地方了，我決定試著修正。

「畢竟我們算感情比較好的兄妹吧。雖然是繼親，卻也一起生活半年了，而且我們興趣很合——對了！在那之後，妳跟光惺怎麼樣？」

「哥哥嗎？……就跟平常一樣吧。」

當我一提及光惺，陽向的表情隨即轉暗。

這時我看出來了……她和光惺果然還是處得不太好嗎？

「妳跟光惺怎麼了嗎？」

「對……關於這件事，該怎麼說……」

「怎麼了？」

「我、我有一件事想告訴涼太學長……」

看來她果然是想跟我商量光惺。

「跟我說？說什麼？」

「就、就是……請你等我一下喔……——」

才剛想說陽向的臉變得好紅，看來是非常緊張。

她閉起眼睛，大大地吸氣然後吐氣。

我也跟著開始緊張，因此繃緊身體。

接著陽向把手放在胸前，彷彿要平息自己狂跳的心。

當她吐出最後一口氣，終於睜開已經水汪汪的雙眼，然後尷尬地左右擺動眼眸。

「我想告訴你的事情……」

——咕嘟……

「是、是、是我想和你——」

「讓兩位久等了。為兩位送上義大利麵套餐和單點的瑪格麗特披薩。」

——此時服務生端上我們點的餐點。

「請問飲料餐後上可以嗎？」

「「可以……」」

「那麼兩位慢用～」

服務生離去後，我和陽向都漲紅了臉，看著擺在桌上冒熱氣的餐點好一陣子。

「…………」

「…………」

「陽向……」

「是、是……」

「我們開動吧……」

「也對……」

＊＊＊

我們用餐中又聊回學校的話題，並未提到剛才陽向說到一半的「想說的事」。

吃完餐點，最後上桌的是我們點的飲料。飲料送來後，度過了一段放鬆的時間。

——差不多該問問陽向了。

「陽向，妳剛才的話還沒說完……」

「呃，什麼話？」

「就是服務生把料理端來之前。妳原本想說什麼？」

「啊……」

陽向再度臉紅。

雖然看起來明顯很像告白前夕的女生會有的反應，但我知道那種事不可能會發生。

……剛才有稍微往那方面想就是了。

我猜事情應該真的難以啟齒到讓她很緊張吧。她覺得很難為情嗎？或者是很難開口詢問我？——但不管是什麼，我都打算好好接受。

「其實我有一件事想跟你說……」

隨後，陽向跟剛才一樣，經過好幾次深呼吸後，總算下定決心開口。

好了，終於要來了嗎？我猜是跟光惺有——

「涼太學長，你有喜歡的人嗎……？」

——關……呃，她剛才說什麼？

喜歡的人？她說喜歡的人嗎？說到我喜歡的人——

「——老哥！我、我！是我吧！」

「啊……——淺井長政！對，應該是淺井長政吧！」

「你是說那位戰國武將……？」

「妳很清楚嘛！對，就是他。近江國的小谷城城主，乳名叫猿夜叉丸——」

「我、我不是問這個！」

陽向滿臉通紅地慌張大叫，然後又經過好幾次深呼吸，接著開口：

「涼太學長，你對我有什麼想法……？」

……

…………

…………什麼？

「我、我對妳的想法……？」

「啊～～！不對！是保險起見，保險起見！」

——嗯。

現在是突然跳出什麼話題了？

還以為要跟我商量光惺……結果是我？我對陽向有什麼看法？

「那個……難道陽向妳……對我……就是～……」

「呃……那個……不是啦！——但也可能是啦……」

我的心跳一口氣加速。

自己都感覺得出來——現在我的耳朵絕對比陽向還要紅！

「陽向，妳喜歡我嗎……？是異性的喜歡……？」

「我、我不知道！就是因為不知道才很猶豫，呃……該怎麼說啊～……！」

陽向頂著紅通通的臉，整個人驚慌失措。

我原本心想自己是不是也該禮尚往來驚慌回去？但轉念一想，還是應該發揮年長者的冷靜……發揮冷靜……冷靜～……現在哪冷靜得下來啊！

這是怎麼一回事！

難道陽向喜歡我嗎！

面對意料之外的發展，我非常驚慌。陽向首先冷靜下來並開口：

「其實……我最近很奇怪……」

「怎麼個奇怪法……？」

「自從我們結束合宿回來，哥哥叫我跟你交往後，就變得很在意學長……」

──那個白痴！他對陽向說什麼鬼話啊！

「那、那的確很困擾吧！畢竟妳又不喜歡我！」

「不，好像也不是這麼一回事……」

──妳說啥！

「反、反正，當我開始在意你，該怎麼說──」

「好、好吧！我們先冷靜一下吧！」

硬要說的話，我才是最該冷靜的人……

我一口氣把餐前提供的冷開水喝光，然後大口深呼吸。

「我、我確認一下，妳是聽了光惺的話之後才開始注意我的吧……？」

「對……」

「所以真心話是妳還不知道到底喜不喜歡我……？」

「對……」

「雖然不知道，假如要跟我交往也可以……？」

「對……」

——那個金髮帥哥王八蛋，又讓陽向這麼傷腦筋……

「可是這就代表……妳現在的在意跟妳自己的心意相比，有很大的因素是因為光惺那麼說吧？」

「或、或許是吧……因為哥哥說，要是我和你交往，他也會高興……」

——這……我覺得不對……

我盡可能以溫柔的語調對陽向說：

「我覺得因為光惺那麼說我們就交往，這樣不太對……若真要衡量，我認為重要的是妳的心意。要交往也可以——這真的是妳自己的想法？」

「那當然是我的想法。我一直都很仰慕你……」

「仰慕……？」

我有什麼讓人仰慕的要素嗎？

「你有包容力，人很好，我想如果和你在一起，應該會很開心……所以很羨慕能待在你身邊的晶……」

陽向嘴上這麼說，我卻覺得她不是在說我的個性，而是描繪著另一個人的身影。

不過「羨慕晶」這句話，應該沒有虛假。

「陽向，妳這樣——」

——我想，我猜的應該沒錯……

總覺得放心下來，於是大大吐出一口氣。

「妳剛才說的，是希望光惺達成的理想中的哥哥啊——」

——現在想想，從認識陽向開始，她就是個很黏哥哥的女孩。

陽向總是黏在光惺身邊，可是光惺不喜歡那樣。

我從旁看著他們，覺得陽向很可憐，所以才會像個哥哥一樣溫柔地對待她。

結果是原本應該由光惺達成的哥哥的職責，就這麼轉移到我身上——換句話說，我在不知不覺間，已經替換成對陽向而言的理想哥哥。

時至今日，她才會誤會自己說不定以異性的角度，喜歡我這個沒有血緣關係的外人……

不對，是光惺讓她誤會的。

所以陽向喜歡的人不是我，而是身為理想哥哥的光惺。

這種話說出來可能很奇怪，但我自己也在不知不覺間，成了陽向的哥哥。

我在無意識間，扮演著陽向心中理想的光惺——

「——所以妳看到晶，才會覺得很羨慕吧？」

我這麼解釋之後，陽向滿臉通紅地低頭。

「我真是的，居然這麼丟臉……那我想要的……」

「我想，妳應該是在我身上追求希望光惺擁有的特質吧……」

我擠出笑容說著，陽向則是「唉～～……」的一聲嘆了好大一口氣，整個人縮起來。

「涼太學長，對不起～……」

看到陽向就像一個被罵的孩子一樣縮小，我也覺得自己應該負點責任。

要我別溫柔對待個性堅毅、肯努力的陽向，根本是不可能的事，但或許我應該清楚地站在朋友的立場對待她才對。

「不用道歉啦，我是獨生子，妳讓我覺得好像有了一個妹妹，很開心啊。可是——」

「可是……？」

「——不，沒什麼……」

陽向升上高中後，我對她和我的近距離相處確實莫名感到心動。

比起妹妹，我更把她當成光惺的妹妹或異性在意——但這件事說出來只會讓事情愈來愈複雜，就不說了。

「可是這樣一來，更痛苦了……」

「咦？」

「如同學長說的，我追求的是哥哥，所以到頭來還是離不開哥哥……他最近又對我很冷淡，什麼也不肯說，還想把我跟你湊成一對，好難過……」

我明白陽向想說什麼。即使渴求對方卻總被拒絕，那一定很痛苦……

可是光惺之所以對她那麼冷淡，之所以什麼都不說，之所以湊合我和她，或許都是他用自己的方式在替陽向著想。

新田小姐說的當年的天才童星……如果就是光惺——

「——溫柔的形式會不會是因人而異？」

「咦？溫柔的形式嗎……？」

「站在妳的角度，可能覺得我的溫柔是妳理想的形式。可是光惺有他自己的溫柔，他一直有在保護妳。」

「這是什麼意思……？」

「應該要叫笨拙的溫柔吧？那傢伙什麼都不說。尤其是重要的事情，他就是不肯說……雖然是這麼難懂又難搞的傢伙，卻選了一條比誰都艱辛的道路——」

——光惺為了保護陽向，離開了演藝圈。

而他沒有把這件事告訴陽向，也沒有責怪陽向，更不給自己找藉口。即使如此，他還是什麼都不說，選擇待在陽向身邊。

所以他對陽向冷漠，想湊合我們，一定都有某種意義。我想這麼認為。

「我只知道一件事，那就是他是這個世界上最珍惜妳的哥哥。」

「哥哥珍惜我……？」

「對。他把妳看得比自己還重要。所以一旦妳出了什麼事，那傢伙無論如何都會保護妳到底——只有這件事，我敢掛保證喔。」

我笑著對陽向如此說道，結果她尷尬地臉紅了。

＊＊＊

一會兒後，疑似成功和解的我們，決定逛逛這個購物商場，以便購買給晶和光惺的聖誕節禮物。

「妳覺得要送晶什麼東西比較好？」

「嗯～……她最近念書很辛苦。因為有點駝背，肩膀應該會更僵硬吧？」

「這樣啊，那就送按摩器吧。」

「可是我覺得送可愛一點的東西，她會比較開心——」

「那就選個可愛的按摩器吧？」

「學長……你沒有按摩器以外的選項嗎？啊，不過若是這樣——」

陽向湊到我的耳旁細語，聽了她說的東西，直覺就是那個便欣然同意。如果送那個，晶也會開心吧——說著說著，陽向小聲低喃：

「要送哥哥什麼禮物呢……」

因為她這麼說，我想起前幾天讀書會的事。

「對了，他說想要新的錢包——」

——不對，這個不行吧！應該會跟星野重複！

「這樣啊，錢包啊？哥哥有愛用的品牌，去那邊買應該比較好。」

「啊～沒有啦～他好像說想要錢包以外的東西吧～……？」

「這樣範圍太大，沒辦法縮小耶……」

陽向無奈地笑道。

這個商場也有那個品牌的櫃位，所以我們打算過去看看有沒有錢包以外的東西可以買。

路途上，我很介意陽向的態度。斜眼看去只見她從剛才開始，就頻頻對我伸出左手，然後又縮回去。

「怎麼了嗎？」

「呃……有件事我想試試看……」

「試試看？試什麼？」

陽向臉紅了。她垂落視線伸出雙手的食指，指尖來回互碰。

「剛才和學長談過之後，我發現一件事……」

「發現一件事？」

「我可能要離開哥哥獨立才行……」

「咦？」

「我一直很擔心那個愛擺臭臉的哥哥，總是下意識做得太多……」

其實這點我也一樣，所以明白她想說什麼。

陽向太過顧及光惺，會自己主動縮短他們之間的距離。

那樣不只對她自己不好，對光惺也不太好——這是她的想法。

「所以我有件事想拜託學長……」

「拜託我？什麼事？」

「有一件事情想確認，前提是學長不嫌棄，就是……可以請你——」

陽向低著頭，接著直接伸出左手。

「——可、可以請你和我牽手嗎！」

我一瞬間想像了別件事……結果是手？

「呃……要牽手……？」

「對、對！我覺得牽過手後，就會明白一些事了！」

「牽手啊……」

我覺得有些害羞，反射性看著自己的手。

本來覺得牽手小事一樁應該無妨。但仔細想想，我這隻手是牽著晶一路走來的。

——晶會允許我跟陽向牽手嗎……？

她或許會說「為了陽向就可以」但我的內心依舊躁動不已。

可是反正陽向也沒把我當成異性看待，這點小事應該可以。因此我伸出右手。

「好啊，就牽牽看吧。」

「好、好的！麻煩學長了！」

於是慢慢牽起陽向的手。

我不在乎護手霜的氣味，還有那種濕黏的感受，但可以感覺到緊張透過她的手傳來。

忍不住把她和晶拿來比較，不過陽向的手小小的很可愛，而且帶著些微熱度。只不過先不論手感和體溫，牽起來的感覺就是和晶有明顯的不同。

原本以為我的心臟會跳得更厲害。

但出乎意料的是，相較之下算是很冷靜地牽起她的手。

「如何？有明白什麼了嗎？」

只見陽向——一臉困惑。

「奇怪……？」

她的臉色與平常無異，只是露出不敢相信又困惑的表情。是跟她想要的不一樣嗎？

「怎麼了嗎？」

「沒、沒有……呃，請讓我稍微保持這樣——」

這時候——

「——啊……那不是真嶋同學嗎～！」

——我的背後隨著一道熟悉的聲音傳來，有兩個人影逐漸靠近。

到底為什麼時機會差成這樣……

就如伊藤對西山說的那樣，這時我心想：這或許真的是我的宿命。

12 DECEMBER

12月18日（六）

今天是老哥和陽向一起出門的日子！

我早上就送老哥出門了。

還稍微胡鬧了一下，要是老哥有稍微心動一下就好了。臭老哥！你一定是害羞了吧？

不過老哥絕對會想辦法替陽向解決問題！

老哥，你要在不會迷倒陽向的範圍內加油喔！

根據天氣預報，今天下午開始好像會變天。

結果預報很準，別說變天了，根本是下暴雪……

因為大雪的關係，電車停駛了，好擔心老哥和陽向。

我有傳LIME，可是沒有回音，還是好擔心。

就算這樣，我還是會努力從家裡傳訊息給老哥和陽向。

去吧，我的心意！

第9話「其實是『老哥千里行』③ ～第三關・上田陽向 後篇～」

「果然是真嶋同學嘛！居然在這裡碰到你，好巧喔！」

笑著走來的人是星野千夏。她是熱烈單戀著光惺的女生，而且——

「哈、哈囉，星野同學！」

我和走在星野身邊的人四目相交。

那雙細長的眼睛因訝異瞪大，位於深處的黑眸也搖擺不定。

「——月森同學……」

還有月森結菜。

但她臉上並未帶著笑容，也不是面無表情。不知道為什麼，她直盯著我的臉，表現驚訝的模樣。

這是我第一次看到她驚訝的表情，連我都不禁有些心慌。

「那、那個，涼太學長……」

陽向不安地抓住我的手。

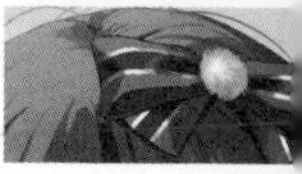

「啊，這個女生就是陽向吧！上田同學的妹妹！」

「對，我是……」

星野來到陽向面前。

「我叫星野千夏！平時承蒙上田同學照顧！」

抓著我的那隻手，用了更多力氣抓緊。感覺得到陽向心中的慌亂。

「話說回來，哦～真嶋同學，是這樣啊～……」

星野笑咪咪地輪流看著我和陽向。她的臉上沒有惡意，但似乎誤會我們之間的關係了。

「真嶋同學也不容小覷耶～沒想到會跟上田同學的妹妹——」

她的話還沒說完，我就急忙大喊「不是啦！」蓋過她的聲音，並立刻鬆開陽向的手。

「我們不是妳想的那樣……」

「咦？不是的意思是，你們沒在交往？」

「對，嗯，就是這樣！」

幸好我急忙否定了。

星野，拜託妳看一下狀況——

「——下……」

——當我心想怎麼突然有個黑色物體闖進視野，緊接著感覺胸口被塞了個東西。

「月、月森同學？」

黑色物體的真面目，是月森的頭。

「收下……」

我急忙接住就快從胸口落下的某個東西。

那是一個裝著東西的塑膠購物袋——在我認清那是什麼東西前，月森就離我遠去，背對著我不斷往前走。

「那個……月森同學，這東西……！」

我帶著疑惑，看向不發一語的月森的背影，目瞪口呆的星野也對著她開口：「啊，結菜等我一下！」

但月森充耳不聞，不斷快步遠離現場。

「真嶋同學，對不起！她好像嚇到了……」

星野面帶苦笑，對我雙手合十致歉。

「為什麼嚇到？」

「哦，這個……結菜不是對戀愛腦很反感嗎？所以看到你居然跟女孩子走在一起，應該嚇了一跳吧～？」

「呃……那這個東西是……？」

「啊……嗯！那個應該是送你的聖誕禮物！」

「送我的？……咦！現在送？」

我開始混亂了。

月森嚇了一跳，於是把聖誕禮物塞給我然後走掉？為啥……？

「星野同學，妳們怎麼會在這裡？」

「我們來選聖誕禮物。是我找結菜陪我來買的……要送上田同學的東西。」

聽到這句話，陽向的身體抖了一下。

「咦？要給哥哥的……？」

「對啊！──我得去追結菜了！」

「啊，等等！星野同學！」

「真嶋同學，抱歉！我們下星期學校見！」

星野帶著苦笑，急急忙忙追上月森的背影。

──這是短短幾分鐘內的事。

我和陽向一愣一愣地看著星野漸行漸遠，久久佇立在原地好一陣子。

＊＊＊

「那兩個人是跟學長還有哥哥一起開讀書會的人吧？」

「哦，嗯……」

——本日已經不知道第幾次的尷尬……

我和陽向並肩坐在廣設在購物商場裡的一張長椅上，然後在腦中整理剛才發生的事。

「星野學姊是個很可愛的人……」

「哦，嗯……抱歉……」

「為什麼學長要道歉？」

「因為我大概知道妳表情陰沉的理由。事情變成這樣，原因出在我身上——」

我把舉辦讀書會的來龍去脈一五一十告訴陽向。

星野喜歡光惺，可是她總是找不到適當的時機跟光惺培養感情。

這時候我助了她一臂之力——提議這次期末考一起念書。

因為這樣認識了月森。

後來四個人一起開讀書會，彼此逐漸打開心房，最後甚至談論到聖誕禮物。

「事情就是這樣，星野同學不是什麼壞人。她一心喜歡光惺，可是光惺卻不肯回頭看她一眼……」

「這樣啊……原來她很重視哥哥啊……」

「我看她那麼拚命，實在沒辦法視而不見……」

「不，這不是學長的錯。我現在之所以大受打擊，大概是因為發現自己沒辦法坦率地支持星野學姊……」

陽向的表情顯得更黯淡了。

「意思是，妳還是……」

「我有努力想離開哥哥獨立，但就是……」

有別的女人來搶奪光惺這個哥哥——這或許是身為親人會有的複雜心情吧。

如果有男人想追晶，我也會覺得五味雜陳……

「星野學姊手裡的那個購物袋……那是哥哥喜歡的品牌的袋子……」

「對啊，嗯……我猜那是錢包……」

「涼太學長，所以你剛剛才會要我選錢包以外的東西吧……」

——非常尷尬……

我體貼星野和陽向的行為，現在都成了反效果。

現在很後悔，早知道就不要胡亂行動了。

「不過原來是這樣……是這樣啊……涼太學長並沒有做錯任何事……」

「陽向……？」

「像哥哥那麼糟糕的人，還是有像星野學姊那樣的人會喜歡他，真是太好了……」

「這是妳打從心底的想法嗎……？」

只見陽向的眼裡湧出一滴、兩滴淚水。

「不是……我現在心情有點複雜……」

陽向說完還想強顏歡笑，那副模樣非常堅強，讓人覺得好心疼。

——這個樣子……實在說不上突破第三關吧……

我不知道自己適不適合安慰她，但還是在一旁默默等她不再哭泣。

＊＊＊

這裡是美食街靠窗的位子。

我們來到這片大玻璃旁，靜靜度過一段時間。

「——來，我幫妳買了飲料。」

「涼太學長，謝謝你……」

我把裝有可可的紙杯交給陽向，她接過之後放在桌上，雙手包覆杯子暖手。

「外面在下雪吧？不知道是什麼時候開始下的？」

「說不定是我們進來之後，馬上就下了。」

「這樣回得了家嗎？」

「不知道耶——電車好像停駛了。」

「什麼！妳怎麼知道的！」

「學長去買飲料的時候，我先查了一下。已經發布大雪警報了。現在很難預測電車會不會馬上恢復行駛……」

有栖町這一帶一旦開始下雪，交通狀況就會一口氣變差。

尤其電車一停駛，就很難預側會不會恢復行駛，非常不方便。

「總之妳先跟家裡聯絡一下比較好……」

「…………」

「陽向？」

陽向盯著裝可可的杯子，似乎在思考什麼。但她的瀏海不斷垂下，看不見她的表情。

我擔憂地看了看自己的手機，發現晶有傳ＬＩＭＥ，於是打開來看。

內容簡單來說，是因為這場大雪，老爸和美由貴阿姨都回不了家。他們會各自找商務旅館或別的地方住一晚。

此外就全是擔心陽向的訊息：

『陽向有說出她的煩惱了嗎？』

『陽向還好嗎？』

『如果陽向很沮喪，就要讓她打起精神！』

就像這樣。因為也不能直接問陽向，她只好透過我獲得情報。

可是既然電車已停駛，我們也無法行動。

現在已經傍晚，只能繼續等雪停，然後電車恢復通車了嗎？

「晶還在家裡等吧？學長可以先回去沒關係。」

「那妳要怎麼辦……？」

「我繼續在這裡等電車開始行駛……」

陽向的家要從結城學園前車站再走一段路，是一幢獨棟透天。

從這裡回家太遠了，就算要等電車恢復，也不保證一定會恢復。

「那個……你們的爸媽呢？」

「應該在工作……」

「不然叫光惺來接妳——」

「我不想給哥哥添麻煩……」

「這、這樣啊……可是我覺得他也很擔心吧～……」

「這也是為了離開哥哥獨立……」

說是這麼說，我卻覺得她在勉強自己……

「如果電車一直不開，妳要怎麼辦？」

「就在附近找地方住……」

我覺得這也不太好，而且也不能在這個狀態下，把她一個人丟在這裡。

可是又不能連我都被困在這裡——啊，對哦。

「那就沒辦法了。既然電車都停駛，要不要乾脆在外面過夜？」

「咦……？」

＊　＊　＊

「我回來了～……有夠冷～……」

「老哥，你回來啦！陽向，也歡迎妳！」

「打擾了……」

我把陽向帶回家了。

我家離購物商場是兩個車站的距離，我們在人擠人的車站前好不容易攔到計程車，回到家已經超過晚上八點。

「晶，幫我拿毛巾……」

「——喏。陽向，妳也用這條毛巾吧♪」

「謝、謝謝……」

我把身上的雪拍掉後，用晶遞給我的毛巾擦乾身體。

「外面好像很可怕耶。」

「對啊。沒想到會下大雪……」

「警報好像還沒解除。電車可能要到明天早上才會開。」

「幸好有回來。要是繼續待在那裡可能不太妙……」

要是我們剛才沒有及時下決定，現在想必只能在那附近找旅館住了。

「啊，我放好洗澡水了，陽向，妳先去洗吧。」

「那、那個……」

晶說著：「好了，別管了。」不由分說就把換洗衣物交給陽向。

「啊，這是我的。不嫌棄的話就用吧。」

「不拿美由貴阿姨的嗎？」

「老哥是什麼意思？因為巨大哈密瓜嗎？因為陽向是巨大哈密瓜，你是因為尺寸才這麼說的嗎？」

「不是！我不是那個意思！」

她還在記仇嗎？我明明沒去搜尋……

「就算人家住在我們家，你也休想對我的陽向出手喔！」

「我不喜歡妳這種口氣。感覺好像建先生。」

「這很普通吧？」

「不，很不好！至少要說『休想出手手』！」

「休想對我的陽向出手手喔！……聽起來是不是很丟臉啊？」

「是啊，嗯。感覺有夠蠢。」

陽向在玄關看著我和晶一來一往，原本還一愣一愣的，這時候卻輕輕笑了出來。

「陽向，妳怎麼了？我和老哥很好笑嗎？」

「嗯，我覺得好好笑。你們的感情真的很好呢。」

我感覺得到她這句話當中並沒有挖苦，純粹是覺得很有趣才會笑出來。

「好了啦，晶，妳快帶人家去浴室啊。」

「嗯♪陽向，走吧！」

「晶，謝謝妳。」

她們兩人和樂融融地往浴室前進，後來晶有好一陣子都沒回來，由此判斷，她們大概是一起洗澡了。

把陽向交給晶應該是沒問題啦。

既然如此——趁她們兩人去洗澡的空檔，我決定打電話給光惺。

「——啊，喂？光惺？」

『涼太，陽向呢？』

……我放心了。

你的第一句話果然是這個。

「她在我家。今天就住我家了。」

『這樣喔……』

「如果你擔心她，明天一早來接她吧。」

『不了，我不去。』

「好啦，拜託你。」

他停頓了一下，但我隔著電話聽見他嘆了口氣。

『……嗯，我考慮考慮。』

「不用考慮，來就對了——還有一件事，光惺……」

『嗯？』

「陽向說她必須離開哥哥獨立。」

『……是喔。』

「捨不得吧？」

『不會啊……』

你現在這句「不會啊」就是捨不得的意思吧。

「是喔——算了，她現在應該跟晶在一起，沒事啦。」

『麻煩你們了……』

在電話裡，聽不出他現在是什麼樣的表情。

只不過我知道一定不是平常那張臭臉。陽向平安無事，他鬆了一口氣。他的語調是這麼告訴我的。

「對了，剛才我遇到星野同學了喔。你跟她現在感覺怎麼樣？」

『我不想說。』

「為什麼？」

『……因為我打從一開始就知道了。星野那傢伙的心思……』

「可是你之所以沒有拒絕參加讀書會，是因為我和陽向吧？」

『…………』

沉默就是回答——光惺從以前到現在都沒變。

「你想湊合我和陽向，既然這樣，你覺得我湊合你和星野同學也不能有怨言。所以就算已經表態自己不想去讀書會，最後還是參加了，對吧？」

——光惺就是這種人。

認為雙方要平等、對等、公平——他是會確實遵守這個規則的人。

不對，這或許只是我的心願，希望他是這樣的人。

話說到底，討厭女生的他根本不會想和星野與月森待在同一個空間，這次讀書會是他做出的讓步。

但對他來說，這次的讀書會也是個好機會。

這是個讓他發現除了我和陽向，還有別人也會替他著想的好機會。

『……你想太多了。才不是這樣。』

「如果我和陽向交往了，你會和星野同學交往嗎？」

『誰跟誰要交往，又跟我無關。』

「也是啦。自己是自己，別人是別人——所以我想問你，你打算怎麼回答星野同學？」

『……我不會跟任何人交往。』

是啊，這我早就知道了……

「那就是要『甩掉』是吧？」

『對……』

「知道了。我只想知道這件事。有跟你聊真是太好了——」

『涼太。』

「嗯？」

『你是不是稍微變了？』

我頓時無法理解他在說什麼。

「哪裡變了？」

『不對，其實沒變吧。畢竟你還是一樣遲鈍啊……』

「喂，你這是什麼意思？」

『沒什麼意思。我掛電話了——』

光惺單方面把電話掛了。

他還是老樣子，都挑奇怪的時間點掛電話。

——話說回來，遲鈍啊……

我反射性看了看月森塞給我的購物袋。

「這是什麼啊……？」

塑膠袋中裝著一個用水藍色包裝紙包得美美的盒子，盒子的尺寸稍大。

我還沒看裡面裝著什麼，不過據星野所說，這是聖誕禮物。

這時候洗完澡的晶和陽向走來，身邊都冒著暖呼呼的熱氣。

「呼咿～……老哥，你去洗澡吧～」

「哦，嗯。」

「奇怪？老哥，那是什麼？——難道是要給我的聖誕禮物嗎！」

「不，不是……這好像是月森同學送我的聖誕禮物。」

「明明還有一個星期耶？……呃，你說的月森，是那個理工女嗎！」

晶一臉驚訝地來到我身邊。

「對啊，她今天就給我了……不過這是什麼啊？」

「這、這個嘛，我猜一定是你收到會開心的東西吧！」

——為什麼妳滿臉不是滋味啊？

「會不會和月森這個名字有關，是『月之土地』之類的？」

「老哥，你收到那個會開心嗎……？好歹要說森林的土地權狀吧？」

「暴發戶嗎？月森同學其實意外地很浪漫喔。而且高中生收到森林或土地權狀，也不能幹嘛啊——」

我拿出盒子，小心翼翼地拆開包裝紙。

按照規定，聖誕禮物應該要在聖誕節當天早上打開，但我並不是基督徒，並不在乎這條規定了。

而且如果她送的東西太貴，我必須準備適當的回禮才行——嗯？嗯嗯？

「涼太學長……」

「老哥，這東西……」

「對啊。我想想……這該怎麼說……——」

——是手套。棒球手套……

呃……為什麼？

「我什麼時候說過我打棒球？咦？沒說過啊，而且我以前是籃球社……」

「你好好回想一下嘛。」

在我的印象中，我們沒聊過棒球的話題……

「我是在聊聖誕禮物的話題時，說現在很冷，所以想要一雙手套啦……」

「結果送你棒球手套？如果要用來代替保暖用的手套，這個皮革會不會太厚啦……？」

「這樣算浪漫嗎……？」

陽向也輕輕歪著頭，道出不解。

「老哥，這可能是某種暗號喔。你想嘛，手套……從Glove變成Love之類的……是告白！」

「不可能啦。用這麼迂迴的告白方式，正常人都不會發現吧……」

——不對，等等喔……

『如果是你，說不定根本不會發現人家有傳訊息過來。因為你很遲鈍。』

「我懂了，是阿雷西博訊息嗎！」

「阿雷西博……什麼？」

「涼太學長，那是什麼東西？」

原來如此，是這樣啊……

「阿雷西博訊息……這是月森同學告訴我的，是指好幾十年前，美國的阿雷西博天文台向宇宙傳送的訊息。」

「那跟棒球手套有什麼關係？」

「棒球的發源地在美國。手套是接球用的工具。接球的英文是Catch……換句話說，她要我好好接收訊息！」

「……什麼意思？」

「意思就是！月森同學用她的方式在替我加油。她要遲鈍的我，好好接住旁人的心意和訊息！」

「「啊啊！原來如此！」」

妹妹們不知道為什麼，同意得強而有力——拜託，妳們也不必同意得這麼用力吧？

連陽向都這樣……

總之——

我們都認同月森是個非常知性而且思慮深遠的人。

＊＊＊

當天深夜。

晶靜悄悄地來到我的房間，跟我打聽陽向的狀況。

陽向好像在她的房間聊著聊著，馬上就睡著了。

我和晶已經習慣熬夜，所以現在這個時間帶都還很有精神。不過對陽向來說，早就是就寢時間了吧。

我按照順序說出今天發生的事，晶了然於心地說了聲：「我就知道。」

「那老哥要怎麼辦？」

「什麼怎麼辦？」

「就是……要不要跟陽向交往啊，還有其他很多事……」

「我可以跟陽向交往嗎？」

「不可以！雖然不可以……可是陽向很可愛，人很好，如果是跟認識多年的你交往，一定很了解彼此。一想到你們應該會很登對，我就無話可說了……」

我聽她愈說愈小聲，忍不住露出一抹無奈的苦笑。

「怎麼可能啦。」

「咦？那你不會跟陽向交往嗎？」

「我沒辦法跟她交往。追根究柢，那件事我已經用誤會作結，然後應付過去了……而且我覺得她為了光惺，還有很多煩惱。」
「咦？可是她不是說要離開哥哥獨立，還牽了你的手嗎？」
「『想要』跟『實際去做』又不一樣。」
「哦，嗯……可能真的是這樣吧……」
「我又不能在陽向傷心的時候，趁機搶下哥哥的位置——總之，她需要一點時間整理自己的心情。」
「也對。陽向或許也需要思考的時間……」
我又露出無奈的苦笑。
第三關——關於陽向的問題，只能以後繼續靜靜守著她，等她做出結論了。接下來陽向必須自己思考，然後展開行動。
從她剛才的模樣看來，已經冷靜下來，應該沒事了。如果以後遇到什麼事，只要像今天這樣由我們兄妹支撐她就好了。
「那妳這邊怎麼樣了？二年級選組那件事，有辦法做出決定了嗎？」
「我還在猶豫……感覺再一下下就會找到答案了……」
第四關——二年級選組。
然後是第五關——新田小姐的挖角答覆……

這兩個問題都要在下週做出回答，而第五關是最大的難關所在。

畢竟守關的人是夏侯惇——也就是那位新田小姐……

「我可以說出自己的想法嗎？」

「什麼？」

「結業式是提交選組調查表的最後期限，但其實可以延長。」

「什麼意思？」

「最後會經由第三學期的三方面談做決定。如果妳很煩惱，不知道該選理科還是文科，可以等下個星期公布成績後，再好好想一下。」

假設現在這個時間點的第一志願是理組，第二志願是文組，當我說可以暫時提交這種回答，晶恍然大悟地說：「原來如此。」

「說不定重要的是要進入資優班還是升學班吧？如果還資優班，就會上到第七節課，所以妳按照自己的生活方式思考會比較好。」

「我的生活方式？」

「妳還想繼續在社團努力吧？如果答應新田小姐的挖角，在資優班上課說不定會很吃力喔。他們好像有很多人會去補習班。」

「這樣啊……」

「對啊。還有順便說一件事。我覺得妳答應挖角，其實也不壞。」

「咦？為什麼……？」

「因為我跟新田小姐談過之後，覺得如果是她當經紀人，應該可以信賴——雖然是個有點可疑的人啦，不過感覺會好好鍛鍊妳。」

「這樣啊……」

「應該可以幫助妳克服沒自信。」

「是這樣嗎……？」

我把手放在晶的頭上。

「晶，妳回想看看。為什麼會答應在花音祭演戲？」

「是因為我想克服怕生……」

「為什麼想克服？」

「因為我不想讓老哥、媽媽他們，還有陽向操心……」

——沒錯。

這就是回答。

「就是這一點。晶有辦法努力的理由，就是『大家』。妳只要為了這段時間替妳加油的人努力就好。這樣想必就會成為妳的自信。妳為了戲劇社的人和陽向，接下茱麗葉這個角色也一樣，而且還把那個光惺拉上舞台了喔。」

即使聽我這麼說，晶還是滿臉不安。

「可是我可能會離開你耶……我想待在你身邊啊……」

這的確是晶拒絕挖角的理由。

這時我揚起嘴角的弧線，不懷好意地笑道：

「其實我發現一個好辦法了——」

12 DECEMBER

12月18日（六）

老哥帶著陽向回家了！

陽向的表情有點陰沉，可是當她看到我和老哥講話，好像恢復了一點精神。

我跟陽向一起洗澡了，陽向和平常一樣很開朗！

而且她說了很多老哥的優點。

不過她問：「你們有牽過手嗎？」我瞬間不懂她為什麼要這麼問，發生什麼事了嗎？

話說回來，姆～……

陽向果然很大，而且很漂亮……

我也想像她那樣，身材傲人……

後來看到月森學姊送的禮物是棒球手套，嚇了好大一跳！

為了警惕遲鈍的哥哥才送他棒球手套，這一層意義太深遠，真的好嚇人。

我覺得她應該是個個性很認真的人，可是再怎麼樣，會把棒球手套當禮物送人嗎？

我還是覺得自己的推論正確，是手套、Glove，然後變成Love！

意思是，接住我的愛吧！是嗎！

如果是就糟了！必須讓老哥繼續誤會下去！

先不說那個，老哥果然還是老哥。

他有認真思考我的選組問題還有被挖角的事，還提出對我最好的方案！

好像開始期待一個星期後，也就是聖誕節當天和新田小姐對談了～！

第10話「其實是『老哥千里行』④ ～第四關……之前，先休息一下～」

「——俗話說得好，一月去，二月逃，三月走，日月如梭。呃～……——」

十二月二十四日，星期五——今天是平安夜，也是第二學期的結業式。

在校長又臭又長的叮嚀之後，各班還要開班會。

師長囑咐我們寒假很短，所以要用心度過每一天。並提醒我們，明年的這個時候就快要大考了。看來我也要認真思考接下來的打算了。

班會結束後，我把已經準備回家的光惺留下來，和他談了幾句話。

「光惺，你今天也是下午要打工嗎？」

「對。」

「明明是平安夜，真辛苦啊——陽向最近在家裡還好嗎？」

「跟平常一樣啊……不過她有點變了。」

「變了？」

變了——會是好的變化嗎？

自從上次一起出門並住在我家後，我們之間就不再有那種尷尬的感覺，陽向的表情也變得跟之前一樣開朗了。

至於在家——我很介意她在光惺面前會是什麼樣子。

「那傢伙說要比之前更努力演戲。」

「是喔……」

說不定是為了離開哥哥獨立，才利用別件事轉移焦點。不過她有想做的事情，那是一件好事。

光惺的表情看起來也鬆了口氣。

這樣看來，第三關或許可以當成突破了。

「先別管陽向，星野那件事……」

「咦？哦，嗯……」

「她把我叫出去了，所以我要過去一趟。」

「這樣啊。原來你會正面和她說話。真難得～」

「嗯？」

「如果是平常的你，這種時候連聲音都不會吭啊。該不會是要回答ＯＫ吧？」

「煩……」

光惺慵懶地撩起金髮。

「光惺，還有一件事啊……」

「什麼啦？」

「……沒有啦，我覺得你真的是個摸不透的人，不過是個好人——以後也多關照了。」

「幹嘛突然講這個啊……這樣很噁耶。」

光惺害羞地抓了抓金髮。

「先別管我，你也要好好處理啊。」

「處理什麼？」

「遲鈍王八蛋。」

「啥！沒事幹嘛突然罵我啊！」

「因為是事實——我走了，涼太。」

光惺離去之前，帶著很棒的表情。

沒有過往帶刺的感覺，表情變得比較柔和了。

但不管怎麼樣，帥哥濾鏡依舊掛在那裡，外表看起來就是個冷酷的人。不過就認識多年的我來看，那副表情已經非常柔和了。

無論如何，他願意好好面對星野，那樣就好。

好了，我也要——回過頭，只見月森抓緊掛在左肩的書包背帶站在不遠處。看來她在等待我和光惺的談話結束。

「那個……真嶋同學……」

貼緊教室喧囂聲的美麗音色中，混雜著一絲顫抖。

「我有話想跟你說……」

「我？什麼事？」

「在這裡不好開口……所以……——」

月森害羞地左右環視四周。

難得看到她害羞的模樣，不過其實我也有點緊張。

「那正好。其實我也有事要找妳。可能會很冷，不過要去屋頂嗎？」

「嗯……」

隨後，我和月森前往屋頂。

＊　＊　＊

「——那妳找我有什麼事？」

當我快速切入正題，月森在無人的屋頂依舊環視四周。或許真的是很難以啟齒的事吧。

「怎麼了嗎？」

「其實……」

她和平常不太一樣。

月森之所以臉紅，似乎不光是因為天氣冷，而且她從剛才開始就不正眼看我。她不敢看我——我有這種感覺。

接住她的訊息——但對遲鈍的我來說，這還是太難了。

我在寒冷的天空下等待她開口，最後她總算想好要怎麼說了，突然抬起頭來。

「我交給你的聖誕禮物……」

「哦，嗯……」

「你打開來看了嗎……？」

「啊，嗯……我已經看過了。裡面裝著棒球手套。」

「沒、沒錯……」

月森面紅耳赤地低著頭。

原來如此，她想跟我確認這件事啊。

或許她自己也覺得這個訊息太過迂迴，因而心生尷尬。

「妳放心。我是嚇了一跳沒錯，不過我很明白妳傳達的訊息。」

「咦？訊息……？」

只見月森微微歪頭。

「就是妳之前提過的阿雷西博訊息。這個禮物真的很適合我這個遲鈍的人。」

「阿雷西博訊息……？」

月森的頭歪向反方向。

這樣的反應簡直就像在表示「你在說什麼？」一樣，我也開始感到困惑。

「意思是因為我很遲鈍，妳才會送那個禮物，希望我好好接收旁人傳達的訊息──」

「……搞錯了。」

「看吧，果然是這個意──咦？搞、搞錯了？搞錯什麼！」

「我把要給別人的禮物拿給你了……」

「…………咦？」

我愣住了。

月森也一副難以啟齒的模樣低著頭。臉已經因為難為情刷紅。

「我的弟弟在少棒打球，他的手套已經很破舊了……可是那天我一片混亂，才錯把手套塞給你……──對不起……」

……

…………

…………原來如此。

「就、就是嘛！我就知道！我就在想會不會是這樣了！」

──什麼鬼阿雷西博訊息啦。

不對，是我自己這麼解讀的……

身為一個智慧生命體，真的好丟臉……

「所以希望你能把手套還給我……」

「呃……哦，嗯……我還妳。什麼時候給妳？」

「隨時都可以。因為我已經另外準備聖誕禮物給他了……」

「知、知道了……那我會早點還妳。」

「對不起……」

「沒關係，不用在意啦……啊，對了──」

我伸手摸索自己的書包，拿出一個包裝成禮物模樣的手掌大盒子。

「——來，聖誕禮物。」

月森似乎不敢相信我會送她禮物，露出訝異的表情。

「給我的……？你送的……？」

「嗯。這是必須還回去的聖誕禮物的回禮。」

我這種說法實在很複雜，不過內容物其實非常單純。

希望她會開心就好了……

「裡頭也包含對妳在讀書會幫我那麼多的感謝，希望妳能收下。」

月森接過盒子直盯著看。

感覺就像還沒真切感受到自己收下禮物一樣。

「我可以打開嗎……？」

我說了聲「請」後，月森慎重地拆開包裝，小心不把包裝紙撕破。

「——這是手機氣囊支架？」

我面露苦笑地說了聲：「對。」

「妳之前說想換新手機，但憑我的財力實在買不起……所以如果妳喜歡就好了……」

我送給月森的禮物，是固定在手機後頭的圓形手機氣囊支架。

是我運用「月森」這個姓氏，特別訂製有「月」和「森」造型的東西。

之前詢問美由貴阿姨，該送什麼禮物才好？她就介紹我一間有在製作、販賣獨一無二商品的店家。而且美由貴阿姨還幫我說話，明明現在正值忙碌的時期，對方卻只用三天就做好了。

美由貴阿姨真有一套，這種時候人面廣就是好用，而且我也沒想到還能送這種東西。

剩下的，就只能希望月森會喜歡了——

「謝謝你！我好高興……！」

——看來是不用擔心了。

月森露出滿臉笑容。

不是微笑，而是開朗又美麗的笑容。

看到她首次露出這樣的笑容，我忍不住心跳加速。

「我會一輩子珍惜……！真嶋同學，謝謝你！」

——會不會太誇張啦？

雖然心裡這麼想，我還是害羞地抓了抓後頸。

「啊，呃……沒想到妳會這麼高興，我很開心……」

在那之後，月森把本該送給我的禮物拿給我。

裡頭裝的不是棒球手套，而是厚手套。

這是這個時節不可或缺的東西，我很高興。

她記住了我說想要的東西嗎？

「好溫暖～！謝謝妳！我今天就戴著它！」

「嗯！」

「那我還有事，先走了──」

「那個……真嶋同學！」

「嗯？什麼事？」

我原本想先離開，卻被叫住。

「之前隨便誤會你，真的很抱歉……」

「呃……妳在說哪件事？誤會？」

「是誤會……不過太好了……」

我不解地歪頭，但月森只是臉上掛著滿滿的笑容，不再說話。

和月森分開後，急忙前往戲劇社的社辦。

＊＊＊

午後。
戲劇社的聖誕會兼第二學期慰勞聖誕老公公祭（？）在「洋風餐館．卡農」包場舉行。
而且女生們居然都穿著聖誕老人裝……
其實這是我那次不小心看到女生們的內衣時，她們正在試的衣服——當天試衣就是為了今天。
聽說是平時幫了我們很多忙的裁縫社，替她們準備了聖誕節用的衣服，所以女生們現在都穿著不同造型的聖誕老人裝。
順帶一提，裁縫社為了招募明年的新生入社，要用我們社團成員在花音祭穿女僕裝還有這次聖誕裝的照片。
這就是所謂的各取所需——不過該怎麼說呢……
這身衣服露很多，感覺好不自在。
女生們在包場的餐廳裡穿這身衣服，感覺彷彿來到建先生總想帶我去的有大姊姊的店一樣……不過算了。

總之我們決定到傍晚為止都要大吃大喝、開心笑鬧。不過——

「笨～蛋～！不喝我哪幹得下去啊～～！」

——還是先處理這個喝烏龍茶就醉的醉仙戲劇社社長西山吧。

「西山，妳喝太多了喔……雖然這是烏龍茶啦。」

「什麼啦～？如果學長沒有喜歡我，就請你閃一邊去～！」

——嗚哇，有夠麻煩……

其實她只是像個戲劇社一樣，演出酒醉的模樣，但不愧是社長，演技莫名逼真，讓人看了就鬱悶。

「社長怎麼可以這副德性啦？妳這樣沒辦法當其他社團成員的榜樣喔。」

「開口閉口都是社長，學長明明完～全不知道我有多辛苦～～……」

——超麻煩的……

「我是不知道沒錯啦——呃……喂！不要抱著我！」

「有什麼關係～？我和學長交情這麼好～為了我加入戲劇社，根本超愛我的嘛～～」

「喂！不要因為妳交不到男朋友就來鬧我！」

「我只～會對學長做這～種事喲～」

——超超超——麻煩的……

就連晶也是明知我陷入水深火熱依然無視我，和其他人有說有笑的。

雖然俗話說得好，君子不居**麻煩**之中，但這種時候不是應該來救哥哥嗎？

晶，我只在心中唸一次，妳要用心聽喔——救我啊——！

「西山，妳給我差不多一點！」

「因為因為～！世間現在都是現充在放閃，我卻沒有男友耶～——人家好寂寞喔……」

居然突然給我裝可憐……

一個人抵三人份吵鬧的她，怎麼可能會覺得寂寞。

「別看我這樣，我可是個超級好女人喔。」

——嗯。

「……說來聽聽。」

「我出乎意料是很主動付出的人～……」

「可是我覺得妳都讓人家服侍耶……？尤其是我。」

「我還會看氣氛和臉色～……」

「可是我覺得妳在理應很開心的聖誕會兼第二學期慰勞聖誕老公公祭之前變成惡靈，根本把氣氛都毀了耶……？」

「我很專情～！」

「原來演自己喝醉，抱著不是男朋友的男人，也能算專情啊……」

我見招拆招吐槽，結果她氣得說：「不要我講一句就吐槽一句！」

本來想凶回去，但也提不起那個勁了，於是從包包裡拿出準備要給西山的那個。

「我為了妳準備了聖誕禮物。」

「咦咦！真的假的！我超愛學長的傲嬌！」

「好好好……雖然我沒有嬌啦。」

——真是的，現實的傢伙……

與其說是我送的，其實選的人是晶和美由貴阿姨啦。這種時候有兩個可以商量的女性，真的是幫了大忙。

「——拿去。」

「咦咦～？盒子是不是太小啦～？」

「如果不要，我回收——」

「啊啊！我要我要！超想要！這是什麼？」

我覺得有點害羞，就說了一句：「是圓的東西。」然後抓了抓後頸。

「圓的東西……？」

西山開心地打開盒子，嘴裡唸著：「是什麼呢～」然後——

「學長，這個難道是……──」

──她以「不敢相信，但是好高興」的表情用手捂著嘴，肩膀微微顫抖，並輪流看著我的臉和盒子裡的東西。

「我選的時候花了很多心思……應該適合妳吧……？」

「居然……可是學長都沒有表現出要送東西的跡象啊……」

「因為這是驚喜啊，想說希望妳高興……」

於是西山的眼角漸漸泛出淚光。

「好高興……我真的對這種事沒有免疫力……會哭出來啦……」

「那、那就好，可是妳太誇張了啦……不要哭啦。好嗎？」

西山將淚水噙在眼裡，笑著搖搖頭。說她才不誇張──

「真嶋學長送我訂婚戒指……拜託學長，請幫我戴上……──」

西山輕輕地伸出捧著盒子的右手，以及左手無名指。

沒錯。

我送給西山的東西，就是訂婚戒──

「——呃……喂！不要用逼真的演技騙人！那只是唇膏！是唇膏！」

感覺反而是我收到驚喜。我直到剛才都還半信半疑。真不曉得這女人到底是為了什麼增進演技的……

「這不是學長平常在用的嗎？」

「才不是！是美由貴阿姨選的！」

我請晶詢問西山的興趣和喜好，然後跟美由貴阿姨商量很久，最後選了這個。

應該很適合西山啦。

「可是這個很貴吧？」

「別放在心上。這點小東西還不能表示我心中的感謝，妳就收下吧。」

「學長要感謝我什麼？」

「……妳幫晶創造了容身之處。因為那傢伙真的很喜歡戲劇社（這裡）……她說每天來學校都很開心。」

「什麼嘛，果然是為了小晶……你這個戀妹老哥。」

「煩死了。我是傻哥哥啦……」

我和西山彼此輕笑。

「話說回來，是這樣啊，小晶她……那我很高興。我的努力有回報了。」

「而且發覺晶有演戲才華的人可是妳啊。」

之所以會受到星探挖角，追根究柢也是因為戲劇社邀請晶上台演戲。

「事情就是這樣……謝謝妳，社長。以後也多多照顧了。」

「學、學長怎麼突然這麼鄭重其事！我才是很感謝學長和小晶，請你不要這樣！」

「呃……喔……」

接著西山寶貝似的把唇膏從盒子裡取出，然後拿著手鏡當場試塗。

「——怎麼樣……？」

直到剛才為止的裝模作樣感已經消失，現在看起來是個嚴謹的成熟女孩。

如果她不說話，就會很可愛呢……

「不錯啊，很好看喔。」

「會受歡迎嗎？我可愛嗎？」

「妳塗完這個然後閉起嘴巴，就會讓人產生很可愛的錯覺，所以應該會受歡迎吧？」

「唔！我就知道，學長只把我當成聒噪的學妹對吧？」

「妳居然知道耶。」

聽到我這麼說，西山往旁邊轉了一圈——

「討厭！我絕對要變得很正，然後給你好看！」

以做作得可愛的模樣，伸出食指指著我。
「啊，那就不必了，請妳以社長的身分好好加油……」
後來西山給我的禮物是兩條有花樣的手帕。
她要我用這個擦乾汗水，為了戲劇社努力。真的是個不可愛的人。

＊＊＊

禮物都發完之後，我來到陽向身邊。
「陽向，我也把禮物給妳──」
「涼太學長，謝謝你。我也有禮物要給你──」
陽向給我的禮物是皮製的筆袋。
那是個偏成熟卻又不失帥氣的筆袋。
我送她的禮物，則是很適合用來綁馬尾的髮圈。
這是三個一組的款式，同樣是在美由貴阿姨介紹她認識的服飾店裡買的。當時我是和晶一起挑選，所以應該不會出錯。
「好可愛！我馬上拿來用！謝謝學長！」

她已經完全恢復精神，真是太好了。

對我來說，能看到她臉上掛著笑容還是比較開心。

「妳開心就太好了。妳送我禮物，我也很開心喔——奇怪？」

「怎麼了嗎？」

「這是信？」

「是、是的……我想把這段時間你對我的照顧，還有我對你的感謝都告訴你。我不覺得自己寫得很好，所以請回家再看。」

「陽向，謝謝妳。我會仔細看的。」

以前每年都和陽向還有光惺一起交換禮物。

不過今年是第一次附帶一封信，所以很期待信裡的內容。

「另外，有一件事想跟學長報告……我終於決定好今後要怎麼做了。」

「妳要怎麼做？」

「我打算先認真鑽研演戲——」

陽向接著說她想藉由認真投入演戲，漸漸離開哥哥獨立。

這件事光惺有說過，所以我知道，還是很慶幸陽向能親口告訴我。

「這樣啊。意思是妳要努力演戲了吧？」

「對！我會比以前更努力，用盡全力加油！」

看到這張笑容，第三關可以算是突破了……

「這樣或許不錯。順便問一下……妳打算認真努力到什麼程度？」

「這是什麼意思？」

「比方說想成為演員，或是往這條路走之類的……」

「我還沒有那麼厲害……」

「還沒的意思是果然對那條路有興趣嗎？」

這時候，陽向稍微壓低了聲音。

「其實從以前開始就有一間演藝經紀公司找上我……」

「是喔？」

我猜應該是新田小姐所在的富士製作A。

「只不過我一直拒絕他們。」

「因為光惺？」

「那也是原因之一。我最近也拒絕了一次挖角，可是對方說還想跟我談談，所以還在猶豫……」

我回了一聲「這樣啊……」之後，她以開朗的笑容說：「不用擔心，沒事的。」

「不過這件事跟我息息相關，所以想仔細思考一下。」

「也對，這樣最好。不要被旁人左右，自己思考比較好。」

「學長，關於這件事……」

只見陽向有些愧疚地看著我。

「我還可以找你商量嗎？」

「商量挖角？跟我？」

「因為你跟我哥哥不一樣，會設身處地聽我說，有助於統整自己的思緒……」

照理來說，這種事應該找親人商量才對。

可是陽向決定要離開哥哥獨立了，她能商量的年長大哥依舊是我。追根究柢，光惺感覺就會在家說：「妳去問涼太。」

話雖如此，當我們一起出門，互相牽手的時候……

當時陽向一臉困惑。我覺得她應該是察覺到一件事了。就是我和光惺的不同。

其實我也隱約明白，我們之間並沒有互通的戀愛感情。況且她讓我覺得——她還是很在意光惺。

雖然闖過第三關，陽向依舊擔心著光惺，擔心得不得了。

「隨時都可以找我商量啊。不知道靠不靠得住，若是不嫌棄，我可以傾聽妳的煩惱。」

我伸出右手，陽向也握住我的右手。
「好！涼太學長，謝謝你！」
陽向的表情就像太陽一樣明朗。
那抹笑容已經沒了尷尬，而是平常會展現給我看的笑容。
這是保險用的握手，遲鈍如我也知道。
我們之間沒有戀愛情愫。
一想到這裡，總覺得放心了。然而——
「那個……涼太學長……」
「怎麼了？」
「偶爾一次就好，我可以像這樣握著你的手，或摟著你的手臂嗎？」
——嗯。
這樣啊，偶爾握手、勾手臂就好了嗎？若是這樣——
「——為什麼！」
陽向接著壓低聲音，在我的耳邊低語。
「啊，呃……學長還是我理想中的哥哥，在一起就會被療癒——其實我很愛撒嬌……」
「咦！什麼意思！」

「哥哥不會這樣讓我撒嬌，所以如果學長往後能讓我撒嬌，我會很高興喔～……大概是這樣。不行嗎……？」

陽向在光惺和其他人面前，必須扮演一個能幹的人，其實她還是想跟某人撒撒嬌。

說實話，我有點應付不來。但最後還是為了陽向答應她的要求了。

後來興致高漲的西山帶起現場的氣氛，我們玩派對遊戲玩得不亦樂乎，所有人還一起拍照留念。

最後我們圍圈──

「好了～……明年大家也一起努力吧────────！」

配合西山開朗的號令大喊：「好！」

就這樣，聖誕會兼第二學期慰勞聖誕老公公祭結束，我們就在餐廳門口解散。

今年的活動到此結束，接下來就是過年後才會見面。

回家的路上，晶顯得很捨不得。

「暫時要跟大家分開了～……」

「好啦，如果有事，會叫大家出來集合。而且我們還有一個就算沒事，也會發出召集令的社長，寒假應該也會過得很快樂吧？」

「這麼說也對。」

我們一邊說著一邊往回家的路上走，然後來到有栖南車站。

燈飾輝煌地照耀著四周，眼前是一片奇幻般的光景。

「老哥，好漂亮喔！嗚哇～比平常還要亮，好美～！」

「是啊。燈的數量或許變多了吧。」

「對了，照相！要照相！老哥，我們一起在那棵聖誕樹下拍照吧♪」

晶拉著我的手，來到車站前一棵偌大的聖誕樹前肩並著肩拍照。

——好了，接下來就是我的重頭戲了。

開始緊張了，不知道晶能不能迎來最棒的聖誕節呢？

12 DECEMBER

12月24日（五）

今天是期待已久的結業式！

而且還是聖誕會兼第二學期慰勞聖誕老公公祭的日子！

然後明天就是跟老哥一起過聖誕節！

我從早上開始就期待得不得了，哼著歌去上學！

學校放學後，我和戲劇社的大家去「洋風餐館．卡農」！

然後我決定今天要在遠處默默看著老哥。

老哥一邊走動一邊發禮物，開心地跟大家說話。

我跟媽媽提議的禮物好像萬無一失，老哥送出去之後，大家看起來都很高興！

……可是，給月森學姊的禮物是不是太用心了啊？

如果月森學姊喜歡老哥……會是我想太多了嗎？

先不管那個，和紗的心情也變好了，皆大歡喜！

和紗塗了唇膏後，看起來好成熟，好可愛！她說她還要變得更可愛，然後給老哥好看！應該是沒有別的意思啦……

另外，最近陽向和老哥都不會尷尬了，這也很棒！

陽向穿聖誕裝太可愛，我拍了好多照片！

這是一場很開心的聖誕會，我還跟大家玩派對遊戲、交換禮物，今天真的很快樂！

雖然要到第三學期才會見到大家，寒假應該也見得到面才對。

好想跟大家一起做些開心的事喔！

後來我跟老哥一起回家……

接下來就是一連串驚喜！

最終話「其實是『老哥千里行』⑤　～突破第四關總算抵達最後一關～」

十二月二十五日，聖誕節當天晚上。

建一個人打開常去的酒吧大門，發現吧檯坐著一個熟悉的女人。對方發現建後，舉起手裡那杯雞尾酒致意。

「建先生，聖誕快樂。」

「亞美……」

新田亞美——富士製作A的員工，也是經紀人。

建最後一次看到她，是在結城學園的花音祭，也就是晶他們演戲的時候。

「你現在還會來這裡啊？」

建沒有回答，默默地坐在亞美旁邊的座位。

「老闆，老樣子。」

靜靜擦拭玻璃杯的四十歲老闆點了點頭，開始調製冰球威士忌。

碎冰錐把冰塊削成圓球的聲音，和店內節拍緩慢的爵士樂交融，形成舒適的聲音。現在這裡只有建、亞美，還有老闆三個人。

老闆把倒好的酒放在建的前方，那就像是信號一樣，亞美開口了。

「好了，乾杯吧。」

「要為了什麼乾杯？」

「敬我們重逢，以及未來——」

「無聊。酒會變難喝。」

「今天是難得的聖誕節耶。我們開開心心喝酒嘛。」

新田亞美從以前就是這種女人。她不怕建，就算給她冷屁股貼臉也會開朗地回話。

建不擅長應付這種人。如果她有話想說，還真希望她趕緊說出來。

「……好了，妳有事找我吧？」

「我突然想跟你喝酒。」

「要談晶嗎……」

「什麼嘛，看來你知道我去挖角她嘛。」

「我看到亞美這個名字就想到了。妳從哪裡拿到『新田』這個姓氏的？」

亞美用嘻笑代替回答，建也無視她，喝下杯中彷彿很難喝的酒。

「妳把我女兒拉進演藝圈，是在打什麼主意？」

「有趣的主意。」

「妳說錯了，是無聊的主意吧？還在堅持那條紅毯嗎？」

「有什麼關係嘛？我就要紅毯。有夢最美──」

亞美把手中的雞尾酒舉至視線高度，然後不斷晃動，開心地望著不斷變化的光影。

「演員不是用來裝飾妳的飾品。」

「這點小事我自然是分得很開。適合站上光鮮亮麗舞台的人，是你們這些演員。我的工作就只是影子。只要站在舞台側邊守著就好──只不過，需要有個人和我一起作那樣的夢，然後一起實現它。」

「想報仇雪恨嗎……亞美，妳還對以前的事──」

「復仇根本沒意義。當然了，我並不打算把別人捲進我的復仇戲碼當中。」

亞美放下雞尾酒。

「我沒辦法對小晶的才華視而不見。只是這樣而已……都怪某人不肯當我的人，所以我才一直想找個可以頂替的人。」

亞美突然笑道。

「可是別說頂替，我根本發現了一顆更大的鑽石原石。有那種特殊才華的人，世上就只有她一個。所以我改變主意，想得到她──我迷上她飾演的茱麗葉了。就像當時迷上你飾演的羅密歐一樣……」

建拿起酒杯，杯中的冰塊發出「喀啷」一聲。

他看著冰塊逐漸融化的樣子，輕嘆一口氣。

「亞美，妳這七年都是浦島太郎。明明可以繼續待在龍宮城享樂，卻像個傻瓜一樣，揹著寶箱回來了。」

「現在勉強還是黑字，可是已經在走下坡了……原來你都知道富士製作A的經營狀況啊……明白我的寶貝孩子的狀況……」

富士製作A是十幾年以前，亞美等人成立的經紀公司。

亞美之後轉調到母公司，七年後的現在以外派的形式再度回歸。

「是我跟晶見面之後調查的。本來以為母公司會想辦法，但沒想到是外派啊。結果還是栓著妳不放……」

「因為職位沒有空缺，這也沒辦法啊。就算這樣，待遇還是比現在好——而且還能親手拯救我的寶貝孩子。」

「為此不惜奉上祭品嗎？」

亞美聽了，發出輕笑。

「這是我的事業。這件事結束後我會乾淨利落拉下帷幕。畢竟我的人生是影子啊。」

「任務結束後就消失嗎？連木頭演員都比不上的妳……」

「哎呀，你好毒。我的才華不是演戲，而是發現原石，然後磨亮它們喔。」

建無視故意假裝生氣的亞美，又喝了一口杯中的酒。

「話說回來……」

亞美就像回想起來一樣，輕輕笑道：

「我還發現了一個有趣的孩子。」

「誰啊？」

「真嶋涼太。小晶的繼兄。他很有趣喔。我喜歡那種人。」

「……那小子幹了什麼？」

「其實啊……──」

亞美回想起今天午後的事，開始娓娓道來──

＊　＊　＊

十二月二十五日，星期六，今天是聖誕節。

這天，我和晶用新田小姐給我的票去看職業演員的舞台劇。

「呼～……我好感動喔……」

「好有魄力喔。」

看完戲劇的我和晶走在街上，沉浸在餘韻之中。

我第一次看到職業演員演舞台劇。而且那些人都是上過電視的演員，全是至少看過一次的臉孔。

這件事的確嚇到我了，不過演員們強而有力和纖細的演技形成對比，這也很精彩。

再加上故事的可看性，能親眼看到演員們精湛的表現能力，我們都嘗到了比想像中更多的感動與興奮，即使離開劇場了，餘韻依舊沒有消失。

「妳覺得怎麼樣？想像得出如果自己站在那個舞台上嗎？」

「不知道耶，我現在還在回味，無法評論……不過我有辦法帶給別人這麼多感動嗎？」

「既然人家承認了妳的才華，再來就看妳的努力吧——不過我大概想像得出妳站在舞台上演戲的模樣喔。」

「你現在只是想吹捧我吧？」

晶說了聲「討厭」但並未顯露厭惡的表情。

硬要說的話，是毫無陰霾的表情，看起來有些成熟。

「好了，時間要到了，我們去見新田小姐吧。」

「可是老哥，真的可以嗎……？」

晶猶豫不決地看著我。

「可以。因為這也是我自己的決定啊。包在老哥身上吧！」

我咧嘴一笑，只見晶臉上浮現一抹潮紅，別開視線。

好了，為了迎接和晶度過的快樂聖誕節，這就去見新田小姐吧——

＊＊＊

我們和新田小姐見面的地方，是之前那間咖啡店。現在快傍晚了。

「今天的舞台劇怎麼樣？」

從她用滿臉的笑容面對我們來看，想必對今天的舞台劇很有信心。

「很感動。」

「我也是，非常感動。」

「小晶有辦法想像自己站在舞台上演戲的模樣了嗎？」

「……稍微，雖然只有一點點。」

「呵呵，就算只有一點點，有辦法想像就很夠了。那在這個前提下，我想再問妳一次。

「小晶，妳能不能來富士製作A呢？」

新田小姐確認好晶有什麼感想後，以與其說是提問，更像是確認的形式開口。

當然了，晶的回答在來之前已經決定好了。

「——我打算……接受妳的挖角……」

新田小姐聽了有些激動，臉上表情變得更加開朗。

「是嗎？那太好了！妳爸媽怎麼說？」

「媽媽他們贊成。說如果我想做這件事，他們會替我加油，要我儘管努力去做。」

前幾天，晶對美由貴阿姨和老爸說她想接受挖角。

那次我和美由貴阿姨談過後，她好像也找老爸商量了很多，所以他們都笑著答應了。

這次美由貴阿姨的表情很開朗。她似乎成功把晶和建先生切割開來思考，說她想支持晶想做的事。

至於老爸，與其說他希望晶接受挖角，不如說他早已看穿晶其實也想接受。但老爸畢竟不是親生父親，因而有所顧慮，才會把問題丟給美由貴阿姨。

「那接下來就只剩簽約。就找爸媽都在的時候——」

「那個……請等一下！」

晶制止了新田小姐。

「如果要簽約，我希望能再多一個條件……」

「條件？是什麼呢？我們公司的待遇會比其他地方還要好喔。」

這時晶看了看我。我瞬間明白這是信號，於是點頭回應。

接著代替晶回答：

「條件是——」

——這是我以自己的方式做出的最後掙扎。

晶的心中有對建先生、對職業演員的憧憬。心中明明想著自己也想變成那樣，卻無論如何都離不開我。

建先生也對我說過這件事——

『可是啊，其實你自己也很清楚吧？——把晶留在陸地上的人，就是你。』

——這我知道。

所以用自己的方式思考過了，該怎麼做才能讓晶上船？才能讓她踏上想要的演員之路？才能讓她接受挖角？

『——最後決定要不要上船的人還是她。如果你想在後面推那傢伙一把，那你也要做好覺悟。』

所以我也做好覺悟了。

『——就要堅定地勸晶對你死心。』

不對，不是這樣。

如果是這種覺悟，我——還有晶大概也一樣，我們只會留下悔恨。

『那傢伙害怕前往另一個世界。覺得一旦出海，可能再也回不到你身邊。』

為了讓晶能安心上船的方法。

我找到了這個方法，秉持著覺悟決定要這麼做——

「——請僱用我當工讀生，負責擔任晶的副經紀人。」

當我這麼說完，新田小姐瞬間訝異地瞪大雙眼。

「小晶的副經紀人……？」

「沒錯，這就是條件。」

「對不起，我不能這麼做。我們公司——」

「如果是新田小姐就有辦法吧？妳有辦法稍微改變這點小規定。」

「咦……？」

因為我表現得很強勢，新田小姐顯得有點驚訝。

「晶之所以能站上花音祭的舞台，是因為有我在後頭全面支持她。激發出晶身上潛力的人是我。因為有我陪她唸劇本、鍛鍊體力，並始終在一旁管理她。我想，這件事只有我才做得到。」

「可是涼太同學——」

「追根究柢，如果沒有我，當天那場《羅密歐與茱麗葉》早就停演了。妳也不會看到晶飾演的茱麗葉。」

這個人現在極度渴望得到晶。所以——

「——世界上最珍惜晶、最了解晶的人，就是身為哥哥的我。如果妳無論如何都想得到晶，就請僱用我！」

——這是我對新田小姐的信賴與挑撥。

我認為她是個很有實力的人。是受到母公司任命，前來富士製作A活絡公司的強心劑。那就有交涉的餘地。我不會讓她說不行。不希望她這麼說。

就算要糟蹋我的覺悟——

『但我覺得，擁有想說出心裡話的想法，是一件很重要的事。』

——月森這麼說過。

先不管對方會不會接收到訊息，我都願意告訴對方自己想怎麼做。有這份心意才是最重要的事。

所以我——決定放手擺架子。

說實話，我對自己沒信心。可是也有一項不會輸給任何人的東西。

『——比世上任何人更重視晶的信心啊。』

建先生讓我明白了這件事。

「我沒有出類拔萃的才華。運動和念書成績都只是普通，也沒有熱衷哪件事，只覺得每天過得風平浪靜就夠了。如果要在我的人生貼上標籤，那一定很合乎『普通』這個詞。」

「老哥……」

晶一臉不安地看著我，於是我把手放在她的頭上。

「可是就算我是這種人，還是有個妹妹會叫我老哥、仰慕我。所以以後也想待在這傢伙身邊，永遠支持她！」

新田小姐始終以複雜的面容聽我說完。

「……原來如此。你為了小晶放手擺架子啦……」

如此說道的她首次瞪著我。

「……你以後一定會後悔自己做了這個選擇喔。」

這句話聽起來像是威脅，但我並未退縮，擠出一抹笑容。

「如果路分歧成兩條，我會選擇比較不會後悔的那一條。不過如果是和晶一起走，我想我絕對不會後悔。」

從新田小姐的表情來看，似乎還想說些什麼，但最後還是拿我沒轍般嘆了一大口氣。

「……還有其他條件嗎？該不會要我在車站前買一間高級公寓給你們住吧？」

「妳願意買嗎？」

「我才不買，真是的……──小晶呢？同意這個條件嗎？」

晶點了點頭。

「我之所以能在花音祭演戲，都是老哥的功勞。他替沒有自信的我加油打氣，一起陪我慢跑，還幫忙跟我一起唸劇本……我那個當演員的爸爸說過，環境對一個人的成長占有很重要的因素。」

「這句話……！」

新田小姐大大做出反應，但晶沒有理會，繼續往下說：

「老哥在我的環境裡，是中心人物──所以如果老哥不能跟我在一起，那我不會接受這次挖角！」

晶的態度和上次截然不同，顯得毅然決然、坦坦蕩蕩。

新田小姐輪流看著我和晶，最後無奈地抓著用餐明細起身。

「我就被你那廉價的挑撥煽動一次，先回公司跟上頭談談看……會儘量達成你的條件。因為我也是有辦法放手擺架子的。」

「謝謝妳！」

「可是我很生氣，所以要糾正你的一個錯誤。」

「什麼？」

「你的人生標籤才不是『普通』而是『戀妹老哥』。說到寵愛妹妹的才華，你在地球上根本所向披靡。」

「等一下！我是蠢哥哥啦！」

看到我滿臉通紅，新田小姐得意地嘻嘻笑道。

「不過你這樣很有趣，我很喜歡喔——但假若如你所願真的成了副經紀人……你就好好努力，不要被小晶甩在後頭嘍。」

新田小姐說完直接走到櫃檯結帳，然後離開咖啡店。

留在原地的我一個沒力，把全身的重量靠在椅背上。

「呼～～～……——」

解除緊張後，全身都沒力了。

說起來我根本沒有放手擺架子的膽量。剛才真的怕死了……
心臟還在狂跳，真虧我有辦法撐到新田小姐離開。
我大概成功對新田小姐表達出心中所想的一半了吧。
這麼一來，第五關——新田亞美又名夏侯惇難關，應該算成功說服她了吧……
「晶，總之勉強……——」
「老哥～～～！」
「哦哇！等……晶！我現在渾身無力！」
晶突然抱住我，讓我慌了手腳。然而她卻瞪著我並鼓起腮幫子。
……咦？她幹嘛生氣？
「既然你有這種覺悟，為什麼不肯多接受我一點啊！」
「因、因為妳太大隻了！超過我的收容界限啊！」
「少騙人！你明明只是害怕！」
「害怕的事情就是很可怕啊！可是現在重點不是這個，我現在沒有多餘的心力……反正妳先放開我！」
「我不要！好喜歡你！以後也要永遠跟老哥在一起～～～！」
——唉，受不了。

一下生氣，一下又說喜歡，這個年關有夠忙。

不過有一點可以肯定，接下來我和晶必須證明我們現在這個選擇是正確的。

新田小姐過去想拆散「某對兄妹」卻以失敗收場。

那是對新田小姐而言的溫柔——她想藉由拆散還在成長的妹妹與天才童星哥哥，以便保護妹妹。

可是人和人之間的連結，哥哥和妹妹之間的連結，不是外人能輕鬆斬斷的東西。有時候反而會遭到狠狠的回擊。

那對兄妹最後離開演藝圈就是很好的例子。

……雖然新田小姐好像還沒死心就是了。

不過我又不是天才童星，只是個對妹妹過度保護的「普通」老哥。

我不會為了保護妹妹識相地退出，反而要和她站在一起奮勇往前。

如果是我和晶，應該不會有問題。

畢竟為了讓我們都沒問題，我們接下來也打算要一起努力。

——怎樣啊，建先生？

這或許和你說的覺悟不一樣，但我找到另一條路了。

我會證明給你看。
和晶一起──

＊＊＊

「──大概就這樣……真的是受不了他～」
亞美厭煩地看著已經喝光的雞尾酒杯。
建一聽完她的話，直接發出大笑。
「那個小子很有一手嘛！這招放手擺架子簡直是豁出去了！」
「一點也不好笑……他是在跟我交涉，他會把寶貝妹妹送出去，所以要我讓他當副經紀人耶。沒想到會放手做成這樣──該不會是你慫恿涼太的吧？」
「妳說呢……」
「裝什麼裝……這要叫我怎麼跟上面報告啊？受不了……」
「妳嘴上這麼說，其實樂得很吧？」
亞美隨即發出超越無奈的笑聲。
「還好啦。我好久沒遇到那種隨口就能說出天真發言的孩子了。」

「這就代表我們的年紀都大了吧？時代會變。做事方法也會變。要是不配合浪潮往前，馬上就會因為落伍而遭淘汰。」

「嘴上這麼說，但你從以前開始就沒想過要改變演戲的風格吧？」

「以前被冷凍過之後，我現在這樣已經算變得很圓滑了……」

比起自己，建更樂見兩個孩子的成長。

涼太想到了跟自己不一樣的另一條路。而女兒的選擇——新田亞美是業界首屈一指的能幹經紀人，想到經過亞美調教後，他們兩人會有什麼樣的成長，建就開心得不得了。

「不過這麼一來，我就能得到小晶來代替你。若是和你血脈相連的孩子，一定——」

「孟德爾定律沒有親情啦。」

「咦……？這句話是什麼意思？」

建看著手上的酒杯輕笑道：

「意思就是，有沒有血緣根本沒關係。重要的是人與人之間的關係，還有心心相繫的感情。晶和涼太在一起，一定會變成大人物。晶和我的血緣關係根本不重要。重要的是，對晶的環境來說，中心人物是那個小子。」

建一口氣喝完酒杯中剩下的一口酒。

「所以啊，亞美，不要再理我這種小人物了，去工作吧。」

說完這句話的建從外套的內袋拿出已破舊不堪的長夾，並從裡頭拿出兩張鈔票，放在已經喝光的酒杯旁。

「我給妳一個忠告。」

「什麼？」

「不要拆散那對兄妹。否則妳又會受到慘痛的教訓喔。」

建隔著太陽眼鏡，用力地瞪著亞美。

「這句話之所以聽起來很像警告，是因為我喝醉了嗎？」

「要怎麼解讀是妳的自由。但如果涼太或晶碰到什麼煎熬——」

亞美發出輕笑，看著建。

「你還是老樣子，一扯到孩子，動不動就翻臉。我就是喜歡你這種個性……」

亞美絲毫不畏怯地看著建認真的眼神。

她的眼神就像在看一件貴到下不了手的寶石飾品。然而也是一雙充滿野心、總有一天要把這件寶物拿到手的眼神。

「今天很高興遇見你。」

「嗯？」

「因為我見到過去在舞台的世界裡，被譽為無人不知的燿星——姫野建了……」

「別說了……我可沒有抱著過去不放的打算。」

「沒錯，你不是過去的人。大家都說你已經墜地，可是你眼裡的光輝卻還沒死。」

「……我哪能這麼簡單掛點啊——」

建突然閉上眼睛，回想著離婚後要離開家時，年幼的晶那張臉龐——

『爸爸，你真的要離開家裡嗎……？』

『對啊。可是妳放心。因為我會變得很出名，出名到妳一打開電視，每天都看得到我。這樣就不會寂寞了吧？』

『我還是好寂寞……你不要走嘛……』

『放心吧，放心……妳身邊有美由貴。而且我一定會在某個地方守護妳。要是遇到危險就放聲大叫。雖然爸爸不是當英雄的料，可是妳有危險的時候，我一定會去救妳。』

『真的嗎……？』

『真的。所以妳要替我加油，直到我站上大舞台！』

『……我知道了。可是如果你覺得受不了了，隨時可以回來喔……？』

他說不出自己「再也無法回家」這句話。

後來他遇過好幾次挫折。

但還是硬撐過來了。

為了實現和女兒的約定，讓她看見父親在大舞台活躍的模樣，就算趴在地上喝髒水，他也堅持走在演員道路上的理由，就只有這點。

他羞於啟齒，所以對涼太說「有過一段美好的回憶」但其實根本不是為了那一點，才一直走在演員這條路上。

他只是想讓女兒看見自己帥氣的模樣，好讓女兒能在學校向人炫耀。

「——我跟女兒約好了。總有一天要站上大舞台……」

「是嗎……我也喜歡你這種死不放棄的個性喔。」

「亞美，我已經給妳忠告了。可不要重蹈覆轍喔。不然下次真的要流放外島了——」

建說完話便往門口走去。

「最後問你一件事——」

當他聽見從背後傳來的聲音，便停下腳步，但沒有回頭。

「——醫生怎麼說？」

建的肩膀發出細微的抖動，亞美則是露出惋惜的表情。

「……妳在說什麼？」

「我知道你在片場暈倒了……」

「……妳把這件事告訴晶了嗎？」

「還沒。可是可能哪天會說出來……」

「不准說。」

建離開之後，亞美看著建放在桌上的酒杯。杯中的圓形冰塊反射店內照明的光，看起來就像一顆小星星。

燿星——指的是閃耀的星辰。

不知道是誰先這麼形容的，但非常適合在舞台上發光發熱的建。

然而，這個別稱如今已逐漸成為一種諷刺。

亞美相信光是空等運氣，它也不會到來，運氣要自己主動去牽引。

即使有演戲的才華，能不能牽引運氣卻是另一個問題。所以亞美才會成為經紀人。

她一直相信能替那些至今還不見天日，卻有才華的演員們牽引運氣的人就是自己。

可是人與人之間，還有適不適合的問題。

她和建就不適合。雖然希望彼此互相配合，雙方卻都有無法退讓的事。

因此建就在無法牽引命運的狀況下即將成為過去的人。連一次都沒能站上大舞台……

亞美一臉陰鬱，不發一語。這時老闆默默推出一杯酒。

「老闆，我沒點耶……」

「今天是聖誕節，算我請妳的吧。另外我關掉招牌燈了。今晚就妳一個客人包場——」

老闆留下這句話便進入後場了。

亞美嘆了口氣後，眼淚隨之湧出。

「那兩個人就交給我吧，建先生……——討厭，明明是聖誕節卻弄得這麼感傷……」

亞美對著建留下的酒杯開口，隨後杯中的冰塊發出「喀啷」一聲做出回答。

＊　＊　＊

與新田小姐見完面後，我和晶去逛街買東西，在街上到處晃，最後在回程的路上討論到學校的事。

晶二年級選組的第一志願是文組升學班，第二志願是理組升學班。

我想憑她的成績要去哪邊都沒問題。第三學期的三方面談會和班導一起討論，她說會在那之前，想好最後要選哪一組。

看她選的都是升學班，我姑且問了為什麼，結果她說認為自己很難進入資優班。

而且資優班每天上課都到第七節，社團活動的時間必定會減少。

好了，現在突破第四關和第五關。

雖然已經是聖誕節當天，這麼一來，我身上的所有問題就全部解決了。

我自己命名的「老哥千里行」也結束，可以無後顧之憂地享受聖誕節了。

「那我們回家好好享受聖誕節吧！」

「也對，老哥！」

然後當我們來到住家附近——

「晶，妳接下來先閉上眼睛。」

「咦？什麼？」

「別管了，快點。」

——晶如我所說，閉上雙眼。

她看起來有點不安，但我牽著她的手把她帶到家門前。

「來，睜開眼睛。」

晶慢慢睜開眼皮。

「——……咦？咦咦！嗚哇～……！」

正如我所料，晶發出感嘆聲。然後興奮地跳起來。

「這是什麼！這是怎樣！」

映在晶眼裡的事物，是我們十二月初看見的東西。

整間屋子都掛滿燈飾，變成聖誕風格了。

換句話說，真嶋家現在包覆在耀眼的燈光之中。

「老哥，這是怎麼了！」

「老爸在我們出門期間準備的。」

其實是我跟老爸說晶很嚮往這種聖誕燈飾。然後他興沖沖地說：「我們家也裝飾吧！」

不過機會難得，所以我提議辦成一場驚喜。

剛才之所以在街上閒晃，是為了爭取時間。老爸他們在那段時間就全裝飾好了。

然後悲哀的是，老爸他們已經回去工作了……算了，晚一點傳晶開心的照片給他們就行了吧。

「公司的人好像有幫忙。為了慶祝老爸再婚，幾個以前就認識的員工一起準備的。」

「原來是這樣啊！好棒！好漂亮！」

晶接著不斷用手機拍照，也順便以真嶋家為背景，替我拍了幾張照片。

不過話說回來，真不愧是專門做電影美術的公司，這與其說是玩心，更像是大人們的真本事。

我家現在彷彿成了娛樂主題公園的一小部分，說實話，我甚至懷疑這樣是不是做得太過火了？

「可是老哥之前不是說準備和收拾很花時間，還很耗電嗎？」

「反正我們家是雙薪家庭，三天而已，電費還應付得來吧。收拾……嗯，就努力吧。」

「為什麼是三天？」

「老爸他們不是休二十六日嗎？」

「啊，我懂了！」

二十六日是全家一起度過的晚一天的聖誕節。

真嶋家從今年開始，規定每年的平安夜之後會有兩天聖誕節。

「話說回來，老哥你們還挺浪漫的嘛。」

「對吧？——好了，開始變冷了，快進去吧——」

＊＊＊

當我們走進家中，玄關發出「砰砰」巨響。

「聖誕快樂，涼太學長、晶♪」

「咦！陽向！還有……呃！上田學長也來了……」

「喂，矮冬瓜。妳那是什麼反應？」

「不准叫我矮——冬——瓜！」

用拉砲歡迎我們回家的人，是穿著聖誕裝的陽向和光惺。

其實我邀了他們來我家。光惺知道我們家的備用鑰匙放在哪裡，所以我叫他自己進門，他和陽向就在家裡準備拉砲歡迎我們。

來到客廳，發現裡頭不只澈底裝飾成聖誕氣氛，還擺著一桌溫熱的料理。

「涼太學長，對不起。我借用了你們的廚房。」

「沒關係、沒關係。陽向，我應該要謝謝妳做這些準備。」

「其實啊，哥哥也有幫忙喔！」

陽向以難以置信的表情看向光惺，於是他抓抓長出麋鹿角的金髮，說聲：「煩死了。」

「我好歹會用微波爐好嗎……」

「好好好，不要生氣，不要生氣。」

陽向笑著這麼說後，握住晶的手。

「來，晶，我們來準備吧。」

「咦？準備什麼？」

「就是那個啊！」

「哦，那個啊！」

於是她們感情融洽地走上二樓。

在等待晶她們口中的準備做好之前，留在原地的我和光惺開始交談。

「這樣好嗎？你不是要跟家人一起過嗎？」

「嗯？畢竟我們兩個，如果要跟妹妹獨自過聖誕節，不會很尷尬嗎？」

「不會啊……」

「我倒是有點尷尬。你跟陽向過來，真的幫了大忙。以後聖誕節還是我們四個人一起過吧！」

光惺聽了發出輕笑。

「你是這樣沒錯啦——**孟德爾定律**已經不要緊了嗎？」

「嗯，目前是。你呢？」

「啊？我跟陽向又不可能怎麼樣。我生氣了喔？」

「抱歉……你不要這麼認真嘛……」

他要是真的生氣，事情就麻煩了，所以我放棄刨根問底。

「那你跟星野同學呢？」

「哦，那傢伙啊？也沒怎樣。」

「咦？你不是昨天被告白了嗎？」

「沒有。她只是送我禮物。」

「是喔……」

我猜，星野大概是選擇不要告白了。

在和光惺培養感情的過程中，她變得無法捨棄現在這個狀態。

與其貿然告白破壞兩人之間的關係，不如繼續現在這樣的關係，還可以維持朋友的定位……因為她無法對光惺死心。

既然如此，不說出希望光惺知道的心意，也是一種選擇。俗話說：「以退為進。」或許她可以看準下次機會告白。

或者在這段時間，她可以持續傳送某些訊息給光惺……

這似乎也是一個很艱辛的選擇。

當我和光惺聊天時，聽到有腳步聲從二樓下來了。

只見晶穿著與昨天造型不同的聖誕裝，可是該怎麼說呢……感覺裙長比昨天那件還短……但穿在她身上很好看，好耀眼……

「欸嘿嘿嘿，嚇到了嗎？其實我跟陽向特別拿到兩件喔～♪」

「那我們開始聖誕會吧，哥哥、涼太學長♪……你們怎麼了？」

「「沒事……」」

——如此這般，我們被妹妹們可愛的迷你裙聖誕裝迷得團團轉，一邊享用料理一邊玩遊戲，四個人度過了快樂的聖誕節。

＊＊＊

——隔天早上，十二月二十六日。

我們四個人一起步行前往有栖南車站。這是為了目送昨天住在我們家的上田兄妹。

「好了，晶、涼太學長！寒假再一起出去玩吧！」

「再見啦，涼太……還有矮冬瓜。」

「不准叫我矮——冬——瓜！」

因為光惺多嘴，晶氣得鼓起腮幫子。

「喂，哥哥！你這樣對晶很沒禮貌耶！」

「煩死了，二號。」

「討厭！你叫誰矮冬瓜二號啊～！」

「笨蛋。現場除了妳還有誰？」

我們目送即使這般吵鬧，依舊感情融洽地踏上歸途的上田兄妹後，也走上回家的路。

「聖誕節結束了耶～……」

晶露出遺憾的表情。

「妳在說什麼啊？我們家今天也是聖誕節啊。這個叫做節禮日嗎？就是英文跟拳擊一樣的那個。」

我半開玩笑地揮出刺拳，晶看了露出微笑。

「老哥，謝謝你幫我這麼多忙。帶我出門，還有挖角那件事，策劃跟陽向他們辦派對，到今天為止，真的幫了我很多……」

「別放在心上。我是不知道對妳來說，是不是一個最棒的聖誕節啦——」

「不，是最棒的聖誕節喔。我想跟媽媽還有老爸說謝謝，也想感謝大家，但果然還是最想謝謝老哥。」

「那明年就要辦個更開心的聖誕節了。這下難度提高，我很辛苦啊。」

我抱頭喊著沒轍，晶卻突然從旁抱緊我。

「我要把禮物給你才行……」

「什麼啊？」

「就是我……」

「我可以收下嗎？」

「全都給你……」

晶抬頭仰望著我，她的臉已經澈底紅了。

「你願意收下我嗎……？」

「那可以等妳收下我的禮物之後，再行判斷嗎？」

「咦……？老哥有禮物給我？」

我做了個深呼吸。

「晶，閉上眼睛。」

「呃……嗯……」

當晶閉上眼睛，我繞到她的背後。

「眼睛可以睜開了喔。」

把禮物交給她了，所以吩咐她睜開眼睛。

「討厭～！本來以為會是接吻或擁抱耶！」

她鬧彆扭生氣的模樣也好可愛。

「哈哈哈，是比這兩樣還好的東西。」

「我感覺得出來，這是項鍊……老哥，謝謝你。」

晶羞澀地將手伸向脖子。

「晶，很好看喔。」

「欸嘿嘿嘿，是嗎？」

「妳去照照那間店前面的鏡子吧。」

「嗯！」

車站前的服飾店正好有擺一面大鏡子，所以我伸手指了指，要她去照照看。晶踩著小碎步興奮地走去。隨後——

「欸嘿嘿嘿～♪……耶？呃……咦？」

——喜悅變成了疑惑。

她馬上小跑步回來我身邊。

「老哥，呃……我收了你的禮物還說這種話，實在是非常失禮……可是這個項鍊的造型好奇特喔。」

掛在晶的脖子上的東西，是尺寸非常小的黑珠子。其實還算帥氣，而且也很適合她……嗯，真的不賴。

「喜歡嗎？我是看功能挑選的。」

「是、是喔～……功能？不是顏色或設計……？」

「對啊。因為我聽陽向說妳肩頸痠痛很嚴重。」

「呃……那這個難道是……」

「嗯。是磁力項鍊。」

這個項鍊是我和陽向出去的那天發現的，據說對肩頸痠痛有效到嚇人。它不是單純的磁力項鍊。是「有效到嚇人」的磁力項鍊。

不知道是否跟它宣傳的一樣有效，不過這麼一來，晶的肩頸痠痛問題想必會獲得緩解。

「磁力項鍊！既然這樣，選個更可愛一點的樣式嘛！」

「其他款式都賣完了，沒有啊……而且陽向也想要這個喔。她說最近肩膀很痠～」

「那是因為陽向是巨大哈密瓜啦！」

「喂，不准說朋友是巨大哈密瓜！當時櫃位上只剩這個，人家可是好心讓給妳，是很溫柔的女孩子！」

「可是站在我的角度，她肩頸痠痛的理由很讓人羨慕嘛！陽向，謝謝妳！可是可是，老哥！不是這樣啦，我的重點不是這個啦～～！」

當然了，後來還給了她另一個聖誕禮物。

我倒是覺得磁力項鍊很不錯啊……

——就是這樣，結果還是跟平常的我們沒兩樣。

雖然有一點一點往前，卻遲遲沒有進度。

只不過最近我開始會想，像烏龜一樣一步一步往前踏其實也很重要吧？

千里之行，也要一步一步、慢慢地、謹慎地、確實地往前走——如此一來，前方或許就會有晶期盼的皆大歡喜結局。

即使如此，時間依舊向著未來不斷前進。

時間的流逝對每個人都是平等的，但體感速度會因人而異。

而我們的體感速度，未來應該也會持續加速。

既然已經表示要接受挖角，或許就不能再當一隻緩行千里的烏龜了——說真的，一想到這點就覺得好可怕。

我有沒有看漏什麼？會不會做錯事？會不會又有一堆難題纏身？會不會跟不上周遭的速度？會不會被晶撇下——一旦開始煩惱就沒完沒了。

這種時候——就要切割困難。

不要像這次一樣把問題複雜化，要以簡單的形式，不疾不徐地，秉持千里之行始於足下的原則。

我只要像這樣一一解決問題就好了。

話說回來——

「總、總算破關了……腳踏實地練等，去拿傳說中的道具，練出最強的小隊……這麼短的時間內，玩了超過五十個小時實在是有夠累～……啊啊，片尾工作人員名單因為日出，看得我都要哭了～……」

我和晶一起窩在房間裡，在寒假期間，每天都玩剛買來的ＲＰＧ遊戲。然後在寒假就快結束的今天，熬了一夜後終於破關。

「欸嘿嘿，太棒了，老哥♪我們在寒假破了這個ＲＰＧ耶♪」

「是說，妳還真有精神耶……」

「說不定是多虧你送我的這個磁力項鍊喔～？」

妳一開始收到的時候，明明一直抱怨顏色和設計……

不對不對，一定不是磁力項鍊的關係——

「——妳都把麻煩的步驟交給我，一直窩在暖桌裡當烏龜吧……？」

「你在說什麼呀～？」

「算了，我要睡了……醒來之後，就要寫寒假作業啊～～……」

「好，那為了讓老哥恢復精神，我來陪睡～～！」

「妳絕對不會讓我睡吧！今天！拜託今天一天讓我好好休息！拜託！妳好歹回自己的房間，或是去暖桌——」

「不～要！我最喜歡黏著老哥一起睡～！」

「卿卿吾妹，有夠自我中心——！」

「什麼？你想親親？那就來吧，啾——……——」

——簡單說一句，我家繼妹的可愛程度是世界第一。

這就是不變的真理。

12 DECEMBER

12月25日 (六)

下午和老哥去看舞台劇，我深受感動也很享受！

當老哥對新田小姐說他想當副經紀人的時候，我嚇了好大一跳。

不過老哥直到最後，都光明磊落地努力說出自己的想法。

當他說想跟我在一起的時候，我忍不住心動了一下！

當我正想著要好好向老哥的態度看齊，沒想到新田小姐離開之後，老哥馬上癱在位子上。好可愛！老哥果然就是老哥！

可是說真的，原本以為要進那個圈子很難，但每個人剛開始都這麼想吧？

我們會不安，會害怕，這都很正常。不過如果老哥會在身旁支持我，那就放心多了！

後來後來，我跟老哥一起回家，令人驚訝的是我們家變得好漂亮！

聽說是老爸和公司的人一起幫我們做聖誕燈飾，我真的很高興，後來一直謝謝老爸！老哥還記得和我聊天的內容，好高興喔～……

老哥說要送東西給公司的人當謝禮，我也想一起做點什麼！

然後陽向和上田學長居然在家裡，嚇死我了！

我和陽向穿上聖誕裝，跟老哥他們一起玩遊戲，好快樂！後來我不知不覺睡著了，不過我們四個人一起度過一個最棒的聖誕節，真是太好了！

然後然後老哥送我的聖誕禮物是磁氣項鍊……呃……喂！

事情就是這樣，這次的故事是皆大歡喜結局，老哥給了我最棒的聖誕禮物。

雖然老哥扛起許多問題，但還是為了我，為了大家，一一解決那些問題。

所以老哥是個很厲害的人，我最喜歡他了！

這就是不變的真理！

簡單說一句，我的老哥最強了！

後記

Jitsuha imouto deshita.

大家好，我是白井ムク。請容我在此寫下《其實繼妹》第四集的後記。

這一集是在聖誕節前，發生了許多問題的故事。上田兄妹的故事也開始發展，接下來會引來更多新緣分。整個故事算是從這裡展開新的篇章吧。

涼太的同學，擁有神祕氣質的月森結菜。她對涼太好像有什麼想法，究竟會對故事產生什麼影響呢？

另外，還有似乎難以對付的演藝經紀人新田亞美。這個人感覺會與晶的親生父親姬野建成為故事的關鍵人物。

真嶋兄妹的故事還會繼續往未來前進，請各位往後也繼續支持《其實繼妹》。

以下是謝詞。

這一路走來承蒙許多人士的協助，才得以推出第四集。

以竹林責任編輯和Fantasia文庫編輯部的各位為首、出版業界的各位、販售的店家、書店店員，與各方相關人士，感謝諸位替第四集出了一份心力，在此致上深深謝意。

擔任插畫的千種みのり老師也提供了非常多幫助，這次也承蒙您提供精湛的插圖，以及有聲漫畫版的漫畫，由衷地感謝您。祈求您未來有更好的發展，也更加活躍。

另外，負責漫畫化的堺しょうきち老師，以及月刊《DRAGON AGE》編輯部的所有人，我也要向諸位致上深深的謝意。希望您們往後也能和堺老師一起炒熱《其實繼妹》。往後也請諸位多多指教。

接下來是給予有聲漫畫版不少協助的聲優與製作人員，以飾演晶的內田真禮小姐為首，飾演涼太的松岡禎丞先生，飾演陽向的高野麻里佳小姐，飾演光惺的土岐隼一先生，我也打從心底感謝諸位。

還有總是在背後支持的結城カノン老師，以及所有家人，由衷感謝你們。未來也請多多照顧。

最後感謝支持本作與本系列作的各位讀者。同時也衷心祈禱與本作相關的人們幸福美滿。雖然只是簡單的三言兩語，但請讓我在此致謝。

於滋賀縣甲賀市滿懷著愛意。

白井ムク

繼母的拖油瓶是我的前女友 1~10 待續

Kadokawa Fantastic Novels

作者：紙城境介　插畫：たかやKi

「我想……再獨占你一下下，好不好？」
復合的兩人展開同住一個屋簷下的全新日常！

再次成為情侶的結女與水斗談起了祕密戀愛，同時卻也對這種無法跨越「一家人」界線的環境感到焦急難耐。沒想到雙親決定在結婚紀念日來個遲來的蜜月旅行……但主動開口不就是輸了？帶著羞怯與自尊，這場毅力之戰會是誰輸誰贏？

各 NT$220~270/HK$73~90

歡迎來到實力至上主義的教室 2年級篇 1~8 待續

作者：衣笠彰梧　插畫：トモセシュンサク

Kadokawa Fantastic Novels

「知己知彼，百戰百勝——
就是這次教育旅行的主題。」

校方公布了教育旅行的詳細行程。這趟旅行就和一般的教育旅行相同。但是分組的特殊規定是由每班的一男一女共同組成八人小組，在五天四夜的旅行中一起行動。與綾小路同組的除了櫛田，居然還有龍園等其他班級的成員。感覺這趟旅行似乎暗藏風波——？

各 **NT$240~250/HK$80~83**

哥布林千金與轉生貴族的幸福之路
為了未婚妻竭盡所能運用前世知識 1 待續

Kadokawa Fantastic Novels

作者：新天新地　插畫：とき間

商業才能、魔道具、前世知識……
為了未婚妻，我要面不改色大開外掛！

下級貴族吉諾偷偷活用前世知識，將商會經營得有聲有色。他的夢想是找個晚年能互相扶持的伴侶，但前世的他根本不受歡迎，因此不擅長和女性相處，阻礙重重。這時他得到一個相親機會，對方是因為容貌特殊，人稱「哥布林」的千金小姐……！

NT$260/HK$87

國家圖書館出版品預行編目資料

其實是繼妹。：總覺得剛來的繼弟很黏我 / 白井ムク作 ; 楊采儒譯. -- 初版. -- 臺北市 : 臺灣角川股份有限公司, 2023.12-

冊； 公分. -- (Kadokawa fantastic novels)

譯自 : じつは義妹でした。～最近できた義理の弟の距離感がやたら近いわけ～

ISBN 978-626-378-281-5(第4冊 : 平裝)

861.57　　112017350

Kadokawa Fantastic Novels

其實是繼妹。～總覺得剛來的繼弟很黏我～ 4

（原著名：じつは義妹でした。 4～最近できた義理の弟の距離感がやたら近いわけ～）

2023年12月21日 初版第1刷發行

作　者：白井ムク
插　畫：千種みのり
譯　者：楊采儒

發行人：岩崎剛人
總編輯：蔡佩芬
編　輯：楊芫青
美術設計：莊捷寧
印　務：李明修（主任）、張加恩（主任）、張凱棋

發行所：台灣角川股份有限公司
地　址：104台北市中山區松江路223號3樓
電　話：（02）2515-3000
傳　真：（02）2515-0033
網　址：www.kadokawa.com.tw
劃撥帳戶：台灣角川股份有限公司
劃撥帳號：19487412
法律顧問：有澤法律事務所
製　版：巨茂科技印刷有限公司
ISBN：978-626-378-281-5